新　潮　文　庫

幕　末　遊　撃　隊

池波正太郎著

新　潮　社　版

11306

目次

入れぼくろ……9
秘　密……26
定　客……43
伊庭屋敷……60
将軍進発……77
伏見稲荷……93
秋……110
冬……127
春……144
蘇命湯……161

守り襦袢 177
賊軍 194
昏迷 211
出撃 229
脱出 264
箱根三枚橋 282
二人坊主 300
横浜伸天塾 317
北海へ 335
流星 366

解説 微衷の人 重里徹也

幕末遊撃隊

入れぼくろ

一

小稲（こいな）は〝着やせ〟するたちであった。

因州（いんしゅう）・鳥取城下ですごした少女のころから、みなに、そういわれたものである。

「また少し、ふとったようだな」

男の手が、汗にぬれた小稲の乳房から腋（わき）のあたりを、ゆっくりとまさぐってきた。

「ふとった。たしかに……」

「夏になると、尚（なお）、ふとるンざんすよ」

「いいことさ。丈夫な証拠だ」

「でも、思いやられます、これからが……暑いのに、ふとってくるものですから
……」

江戸・新吉原の遊女となって、もう四年になる小稲なのだが、ほどよく肉のみちた

肩から腕、乳房にも、遊女づとめをしている女には、めずらしいほど、あたたかい血の色がみなぎっているかのようだ。

「伊庭さんは、いつも細いこと……」

もう、背にかけただけになっている仕立おろしの、白ちりめんに夏草をしぼりあげた長襦袢で、男の軀をつつみこむようにして、

「つめたい……」

小稲は、びんの張った島田髷をふるわせつつ、かき抱いた男の胸肌に唇をおしつけ、

「いつも冷めたい肌……」

と、つぶやいた。

つとめで相手にしている男ではない。

だから男の愛撫にも、小稲のこたえ方は烈しい。

ながい間、夢中の時をすごし、小稲が喘ぎぬいていても、男の肌には汗の匂いすら浮いてはこない。

それが、にくらしいといえば、

「何、からだの出来が違うのさ」

ひきしまった細おもての顔に、人なつこい微笑をうかべて、男はいうのである。

笑うと、右の頰に浅い笑くぼがうまれた。

「もう、しばらくは……」

「会えまいなあ」

「そんなに……?」

「今度の将軍のお供は、どうも永びきそうだ。京くんだりまで遊びに行くのじゃアねえのだからね、将軍も……」

「でも、いつごろに……?」

「わからぬな、そんなことは……」

「いじわるな……」

男に四肢をからませ、小稲は、あくことなく男の唇を吸いつづけた。

他の客にからだは売っても、小稲が唇をゆるすのは、この男だけである。

小稲が抱きしめている男の軀は、細く、しなやかでいて、しかもおそろしく堅かった。

かたぶとりの小稲のからだが、はじき返されてしまいそうなのである。

そして、男の肌は、いつもつめたかった。

小稲の胸肌に顔をうめて、

「お前のからだはあったけえなあ」

冬の夜など、しみじみと男はいったものだ。

男の名を、伊庭八郎秀穎という。

禄高二百俵の幕臣で、心形刀流・伊庭道場の後つぎでもある八郎であった。

名流をうたわれた伊庭道場の門弟、千余といわれる。

諸大名からのまねきも多い。

八郎は、父・軍平のかわりに、諸侯屋敷へ出稽古にも行くほどで、

「伊庭の後つぎの剣。あれこそ不羈の才というものだ」

と、世上の評判が高い。

伊庭家は、江戸でも代々の剣家である。

その家にうまれた八郎が、本気で竹刀をにぎったのは、十六歳のときからで、

「それまでは、本の虫さ。竹刀の音を聞くのも厭でな」

いつだったか、そんなことを、八郎が小稲にもらした。

「なぜ、剣術がきらいでござンした?」

「何、学問と剣術とを秤にかけ、重い方をとったまでだ。人間、二つのことを一度にはやれねえものだし……ことに、このおれは尚更、二つのことを一度にはやれねえの

だ」

そのとき、八郎の顔に、謎めいたうすら笑いがただよっていたのを、なぜか、小稲は忘れきれなかった。

十六歳の春、翻然として道場へあらわれた八郎の心境の変化について、こんな話が、つたわっている。

その年の正月に、八郎は父・軍平の供をして、細川侯の江戸屋敷へおもむいた。

その折、書院の床の間にかかった宮本武蔵えがくところの画幅を見て、

「父上。私、剣の道へすすみます」

誓ったという。

この話を、若い門弟たちが八郎へしかけると、

「ふふん……」

鼻で笑って、八郎は何とも答えなかった。

剣術は、父が手をとって教えた。

まさに、天才というのは八郎の剣術をさしていうもののようであった。

「ふしぎじゃ。教えるより先におぼえている」

と、軍平ですら舌をまいた。

八郎、二十歳のころになると、

「教えるものは、もう無い」

軍平は、よろこんだ。

伊庭軍平は、八郎の実父ではない。

伊庭の心形刀流は、初代・秀明が創始したものである。

後年、秀澄の代となって、幕府にもつかえたが、後つぎは、かならずしも実子におよばずという家法がある。見事な家法ではある。

伊庭道場の後継者として、人格、力量ともにすぐれたものならば、門弟のうちからでも養子にむかえるということだ。

八郎の実父・軍兵衛(ぐんべえ)も、養子であった。

死にのぞみ、軍兵衛は、

「八郎は、まだ十五歳のこどもにすぎぬ。伊庭道場を切りまわせるものではない」

学問に熱中する少年八郎の剣士としての将来にも、軍兵衛は、いささか不安を抱いていたらしい。

「わしに義理をたて、八郎へ家をゆずらずともよい。何事も八郎次第……わかっておろうな」

と念をおして、軍兵衛は、門弟の垪和惣太郎を養子とし、道場と八郎の将来を托した。

惣太郎は伊庭の当主となったが、代々の名称〝軍兵衛〟を名のることを遠慮し、軍平と名のった。

そして、恩師の長男・八郎を、わが養子にしたものである。

それだけに、軍平は、

「よかった。これで立派な後つぎが出来た」

八郎の上達ぶりに、目を細めてよろこんでくれた。

養父子ながら、軍平と八郎の交情は、まことに、こまやかなものであったらしい。

一昨年から去年にかけて、八郎が将軍・家茂の上洛にしたがい、軍平と共に京坂へおもむいたとき、八郎は〝征西日記〟というものをしたためた。

この日記は、今も残っている。

軍平にしてみれば、先代の実子への心づかいや遠慮もあったろうが、八郎自身、何事につけても「父上、父上――」と慕う様子がまざまざと日記の行間に看取される。

二

その夜、小稲は、

「つまらないこととお笑いになってもいい。お願いがござンす」

汗をぬぐい、緋羽二重（ひはぶたえ）のしごきをしめてから、茶碗（ちゃわん）に用意の冷えた麦茶をいれて、

「ほくろを入れて下さいまし」

といった。

「ほくろ……入れぼくろか？」

「あい……」

八郎は苦笑した。

「やっぱり、笑いなさる……」

「いいよ」

「ほんとうですか、伊庭さん……」

「お前の好きなようにするがいい」

小稲は、いそいそと用意にかかった。

真夜中の廓内(かくない)は物音ひとつしない。

しずかに雨の音がこもっているのみである。

ひとくちに女郎といっても、小稲は本も読むし、字もうまい。

鳥取藩・松平家の下士の家にうまれたということは聞いたが、その後、小稲が、どのような道をたどり、苦界(くがい)へ身をおとしこんだか、それは八郎も知らない。

小稲も語ろうとはしなかった。

八郎が、はじめて、この稲本楼へあがり、小稲と会ったのは、去年の秋である。

一年もたたぬうちに、八郎の吉原通いは度を越しはじめた。

三日に一度は、小稲のもとへ泊る。

禄高二百俵の幕臣には出来ぬ遊びだが、そこは江戸屈指の大道場だ。

諸大名への出入りも多いし、門人の数も江戸一といわれた伊庭道場である。

代々から蓄財もあるし、収入も多い。

八郎が遊びにつかう金を、

「出してやれ、出してやれ」

養父の軍平は、妻女にいいつけ、八郎の財布が軽くなるようなことは決してさせない。

ことに小稲は〝昼三（ちゅうさん）〟とよばれる最高位の遊女だし、あげづめにすると一日、一両二分はかかる。

　そのころの下町の職人が、一年の暮しを、およそ十両でまかなっていたことを考えれば、八郎が持ち出す金高がどのようなものか、容易にうなずけよう。

　だが、小稲という女が好きになったというだけでなく、八郎には、吉原へ通いつめざるを得ない事情もあり、苦悩もあるのだ。

　それを、八郎は少しも顔へ出さない。

出さないから、いろいろと悪評も高まるばかりであった。

「若先生が、あれでは困る!!」

「伊庭道場の名折れになる」

「吉原通いにうつつをぬかし、道場にもあらわれぬのは、慢心きわまったというべきではないか」

　門下の高弟たちもうるさい。

　伊庭の親類どもも、目の色を変え、

「少しは叱（しか）りつけたらどうだ!!」

　軍平につめよるというさわぎになってきている。

剣家といっても、伊庭道場ほどになると、組織も大きく、温厚な軍平ひとりの采配で万事がうごくものではない。

ことに、将軍が江戸を発つ日まで、あますところ、いくらもなかった。

〝奥詰〟という将軍警衛の役目についている八郎の吉原通いの悪評が、上司にでもきこえたなら、只事ではすまされない。

妻女を通じ、遊びの金を出してやりつつ、伊庭軍平は、ためいきをついている。

「切り出さねば、よかった」

と、悔んでもいる。

妻女との間にうまれた一人娘のつやを、八郎の嫁にと、切り出したことを悔んでいる。

このことは去年の暮れに、誰にも話さず、軍平が八郎のみにもらしたことなのだが、

「考えさせていただきます」

そう答えて、以来、八郎は、軍平の顔を、懸命に避けつづけた。

（八郎には、つやを妻にという気がなかったのだ。それを知らずに切り出したのは、まずかった）

同じ邸内に子供のころから暮し、仲もよかっただけに、軍平は、つい迂闊に切り出

してしまった。

こうなると、軍平も八郎も、互いに義理というものを間においた父子(おやこ)だけに、どうも、ざっくばらんな話し合いが出来にくくなる。

八郎の遊び方が激しくなったのも、軍平が、その話をもちかけてからであった。

こういう弱味があるだけに、軍平は、ただもう気をもむだけであって、一日も早く、将軍の行列に加わり、京都へのぼる日が来ることを願いつづけてきた。

そうなれば、また八郎と肩をならべ、いやでも毎日を一緒に暮さなくてはならぬ。

（二人きりで話し合える。それで、八郎のこだわりもとけよう）

軍平は、そう思っている。

こんな事情は、むろん〝稲本〟の小稲の知るところではなかった。

通いつめてくる八郎は、今の小稲にとって、単なる馴染客(なじみきゃく)ではなくなってきていた。

この年、慶応元年で、小稲は二十一になる。

伊庭八郎、二十三歳であった。

八郎は蠟(ろう)のように色の沈んだ白皙(はくせき)の美貌(びぼう)で、ことに黒目がちのすずやかな眼に見つめられると、小稲の血が今でもさわぐ。

それよりも、小稲の心をとらえたのは、八郎の〝遊び〟に、まったく私心がないことであった。

　遊女への手くだもない。

（おれは、お前が好きだから通って来るのだ。お前のいいときに、お前の心がすむように、おれのところへ来てくればいい）

　小稲には、よい客がついている。

　八郎一人の相手をするわけではないのだから、それこそ、手管（てくだ）をつかって、客をさばかねばならぬこともある。

（いいよ。お前の好きなときに来てくればいいんだ）

　あたたかい微笑で、八郎は、いつも小稲をいたわる。

　金ばなれも、あざやかなもので、このごろでは、稲本の亭主も、八郎を下にもおかない。

「とても二十三なんどという年には見えない。よく出来すぎているよ」

　亭主の庄三郎が感嘆するほど、おちついた遊びぶりであった。

　それでいて、小稲の腕に抱かれているときの八郎には、初心（うぶ）な青年らしいしぐさが匂いたっている。

（たのもしくて、可愛（かわい）くて……）

と、小稲は、もうのぼせあがるばかりというところだ。

八郎と自分の手に〃入れぼくろ〃をしようというのも、将軍家にしたがい京へのぼるという男を忘れぬためだ。入れぼくろを見るたびに八郎を思いおこし、他の客に〃大事なもの〃をゆるさぬためだ。

大事なものとは、遊女のこころ、とでもいったらよいのであろう。

三

明け六ツ（午前六時）に、八郎は稲本楼を出た。

昨夜からの雨が、霧のようにけむっている。こまかい縞の単衣に夏羽織、小倉の袴をきちんと身につけた八郎が、待合の辻の方向へ歩みかけながらふりむくと、稲本の二階廊下から、小稲が左手を櫺字窓から突き出し、しきりに振っているのが見えた。

（わかった、わかった……）

八郎も、左手を傘の下から出して、小稲にふって見せた。

互いに左手と左手をにぎり合せ、その互いの親指が当ったところに、針と墨で、入れぼくろをさしこむというのは、むかしから廓にある起請のしるしであった。

みすや針で、懸命に、八郎の手に入れぼくろをほりこんでいた小稲の顔には、あぶら汗が浮いていた。

そして八郎が、小稲の手にほりこんだとき、小稲は、眉もしかめず、むしろ、はればれと痛みに耐えていたようである。

（小稲。達者でいろ）

まっすぐに、八郎は大門へ向った。

今日からは、上洛の準備に忙殺される。

しかも、今度の将軍上洛は、なみなみならぬものをふくんでいた。

八郎が十一歳の嘉永六年に、アメリカ艦隊が相州・浦賀へ押しかけて来て、幕府に開港をせまった。

二百何十年もの間、国をとざし外国との交易を絶っていた日本は、突如として外国列強の威圧をうけることになった。

それからはもう、動乱・騒擾の連続である。

幕府のちからも、おとろえてきている。

諸国大名も、将軍の声一つでどうにでもうごくという時代ではなくなってきた。

ことに、薩摩・長州の二藩が〝尊王攘夷〟の旗をかかげ、徳川幕府に反抗の気勢をしめしはじめたことに、幕府は、もっとも苦慮をした。

今度の将軍の上洛も、皇室と幕府とのむすびつきを強めると共に、激烈な長州藩の革命運動へ徹底的な打撃をあたえるためでもある。

いざともなれば、八郎も将軍の親兵として、京からそのまま長州へ出陣するようなことになるかも知れないのだ。

(こんなときに、伊庭道場の一つや二つにこだわっていても仕方がないではないか――)

そのことを、道中で、父上とゆっくり話し合おうと、八郎は考えている。

(もう一つ、父上に話したいことがある……)

だが、それは話せない。

話したりすれば、あの善良な養父の軍平を尚も苦しめることになる。

大門を出ると両側が五十間茶屋であった。

雨はふっていても、初夏の朝である。

朝帰りの客もちらほらと見えるし、衣紋坂の番所の向うには、宿駕籠が五挺も六挺も出張っている。

「御徒町まで行け」

つかつかと、その駕籠の一つに近寄った八郎に、

「若先生――」

声をかけてきたものがある。

「なんだ。杉沢ではないか」

道場の師範代をつとめる杉沢伝七郎が、見返り柳のうしろから、ぬっとあらわれた。

杉沢のうしろから伊庭道場の高弟たちが四人、ものもいわずに出て来た。

四人とも、八郎をにらみつけている。

「なんだ、みんな顔をそろえてどうした。わざわざ迎えに来てくれたのか?」

事もなげに、八郎が声をかけると、

「いかにも――」

杉沢は肩を張って、

「吉原通いに腰のぬけた若先生の蝶つがいを、はめ直してくれようと思いましてな」

ふと見ると、四人とも樫の太い木刀を、くだけるばかりに握りしめている。

八郎は、にやりと笑った。

秘密

一

伊庭八郎は、この一文字屋から稲本へあがるのが、ならわしだ。

これは、仲之町の引手茶屋〝一文字屋〟の前を見張っていたものであろう。

門から駈け出して来るのが見えた。

そのうしろから、これも木刀をつかんだ伊庭道場門下の侍が二人、あわただしく大門から駈け出して来るのが見えた。

侍同士の喧嘩と見て、さわぎに巻きこまれまいとしているのであった。

朝帰りの客を乗せ、大門を出て来た駕籠が三挺ほど、五十間道でうろうろしている。

と、いった。

「ここは、士農工商の差別なく、いのちをたのしむところだ」

八郎はおだやかに、

「大門の前で、物騒なものをふりまわすのはよくない」

本来ならば、帰るときも一文字屋へ寄り、そこから駕籠をよぶわけなのだが、今日は、小雨の中をゆっくり歩いて帰りたいと思い、吉原下駄(げた)に白張傘を買って出て来たものである。

「よせ、よせ、杉沢——」

と、八郎は傘の下から、

「試合したければ、道場でやればよいのだ。そうだろうが……それとも何か、この大門の前で、朝帰りのおれを叩(たた)きのめさなくてはならぬわけでもあるのか？」

杉沢伝七郎の顔が充血している。

ふとい鼻が、ぴくぴくとうごいた。

「伊庭道場の名誉にかけて……いや、われらは、門弟一同になりかわって、あなたをこらしめるのだ」

杉沢の声が、がらりと変った。

「ふうん……」

八郎の声も、江戸の侍らしい伝法(でんぽう)な口調に変ったが、どこまでも、しずやかに、

「よかろう。お前さんがそんなにやりたけりゃア、相手にもなろうよ。だが、ここじゃアいけねえ。ま、ついて来い」

歩き出した八郎を取りかこむようにして、杉沢ほか六名の門弟たちが行く。

あたりには、もう、かなりの人だかりがしていた。

ぬかるみをふんで歩きながら、八郎は苦笑した。

杉沢伝七郎の魂胆は、わかりすぎるほど、わかっているつもりであった。

門弟といっても、この七人は、いずれも松平阿波守の家来である。

松平家は、藩祖の蜂須賀至鎮以来、れんめんとして阿波・淡路の二国を領し、幕府から松平の姓をゆるされ、二十五万七千石の大名として威勢をほこってきた。

伊庭道場は、代々、この松平阿波守の庇護をうけてきている。

江戸の名流として繁盛を成すに至ったのも、パトロンの松平家が、大いに力ぞえをしてくれたからでもある。

それだけに、伊庭道場の運営についての松平家の発言を、無視することはできない。

杉沢伝七郎にしても、父祖の代から伊庭道場で剣をまなんでいる。

伝七郎の父・杉沢精太夫は、江戸留守居役をつとめ、松平家での羽ぶりもよい。

「どうもいかぬ。見てはおられん」

精太夫は常々、放言をしている。

「伊庭道場も、当主の軍平先生が、腕はきいても、あのように日向水のようなお人柄だ。そりゃ温厚な人物といえぬことはないが……後つぎの八郎殿を、あのように、あまやかしてしまっては、どうにもならぬ、今のまま手をつかねておると、さすがの名門も破滅におよぶこと必至じゃ。あの若さで八郎殿も、とんだことになった。酒と色香に迷っての放らつを御公儀だとて、いつまでも見のがしておくわけには行くまい。このごろは、とんと稽古もせぬそうな……」

だから、松平家における八郎の評判は悪い。

こんな、うわさもきこえはじめた。

道場のパトロンである松平家の圧力をもって、当主伊庭軍平の後を、杉沢精太夫の次男・伝七郎に継がしめるというものだ。

伝七郎の手練は、誰の目にも、あきらかであった。

道場へ出て、八郎と伝七郎が立合うと、このごろでは三本勝負のうち二本は伝七郎がとってしまう。

天才をうたわれた八郎の剣も、吉原通いが高じてからは、どうも低下したように見える。

これを見て、八郎の弟の直と猪作が、くやしがって軍平にうったえると、

「俗に、相撲とりでいう稽古場大関とかいう言葉がある。知っておられるかな？」

と、訊き、二人が知らないと答えると、

「知らぬなら、それでよろしい」

と、それ以上は、軍平も語ろうとはしない。

直も猪作も、兄の八郎同様、先代・軍兵衛の実子ではあるが、八郎とは違って軍平の養子にはなっていない。

だが、弟たちも、近ごろの八郎を見ると心配で、不安でならないらしい。

「杉沢なぞに、道場をとられるのは厭です」

末弟の猪作は、少年ながら剣術が好きなだけに、軍平の前でも、はっきりといったほどである。

つまり、それほどに松平家からの圧力が、かかりはじめたといってよいのであろう。

二

八郎と七人の侍は、衣紋坂から日本堤へ出た。

世にいう堤八丁だが、浅草聖天町より吉原大門まで六丁半。大門から三輪北口まで六丁半、合せて十三丁の堤から、遊客は吉原廓内へ入るわけだ。

八郎は、この堤を三輪へ向って行き、堤の右下を流れる山谷堀（さんやぼり）にそった草地におりた。

その草地に、木立が隠している一角があった。

堤の両側は、田地である。

「ここでいいか？」

木立の中へ入り、傘をさしたまま、八郎が七人をふりかえった。

杉沢伝七郎がうなずき、

「みなは、さがって見ていてくれ」

おしころしたような声になり、

「若先生。伊庭道場は、士道すたれる世にあって、その猛勇武骨の気風をもって知られた名誉の剣法でござる。ゆえにこそ、われらは……」

「くどいねえ、わかっているよ」

八郎が、さえぎった。

「ときに、おれの得物（えもの）はないのか。それとも……」

と、刀の柄（つか）をかるく指でたたき、

「これを、ぬけというのか？」

杉沢が眼で合図をすると、すぐに、一人が木刀をもって八郎の前へすすんだ。

「よし」

八郎も、杉沢も大刀を外してあずけた。

杉沢は、すばやく襷（たすき）をまわした。

「杉沢。ばかばかしいことをするのだねえ」

「お黙りなさい」

「吉原帰りのおれを叩きのめして、お前さんのカブが上がれば、それにこしたことはあるまいが……」

「まいる!!」

杉沢が、ぱっと離れた。

双方の間合いは、およそ二間であった。

雨は、小降りになってきている。

八郎は襷もかけぬまま、しずかな青眼（せいがん）のかまえだ。

これを見て、杉沢は、得意の〝青眼破り〟のかまえをもって対した。

伊庭の〝心形刀流〟は、剣祖・是水軒（ぜすいけん）の創始以来、先（ま）ず心をねるを第一義とした剣法である。

心のゆがみは、かたちをゆがめ、剣をもゆがめる。

泰平の世も二百何十年とつづくうちに、剣術も、だいぶ変ってきている。実戦のためのそれではなく、技をほこり派手やかな業をしめすことが、もてはやされるようになった。

その中にあって、どこまでも剣をあやつるべき人の〝心胆〟の鍛練に重きをおいたのが、伊庭の剣法である。

（何だ。杉沢伝七郎の剣術は、心形刀流じゃアねえ）

道場で立合うたびに、八郎は看破していた。

といって、稽古のたびに八郎の分がわるいのは、何も負けてやっているわけでもない。

自分の道場での稽古は、剣士としての肉体の鍛練にのみある、と、今の八郎は思っている。

このようなことを父の軍平に話したわけではないが、軍平だけは、首をかしげつつも、八郎独自の稽古ぶりを、みとめてくれているようであった。

杉沢は気負っていた。

今のおれなら、八郎に負けるものか、負けるはずがない。

だが、今朝の八郎は違っていた。

ふわりと浮いた八郎の木刀、その切先（きっさき）が微動だにしないのだ。

呼吸をはかることもできない。

八郎は、まるで、呼吸をしていないように見えた。

道場で、絶えず、うごきまわりつつ竹刀（しない）を打合せるときの八郎ではない。

八郎の木刀が真剣に見えた。

杉沢も真剣勝負をするところまで、心がまえができていたのではない。

というのが、やはり、平常の八郎をあまく見ていたからであろう。

手ごたえのつかめぬ相手に、たまりかねて、

「えい!!」

杉沢の木刀は、八郎の左から、すくいあげるような突きを入れてきた。

八郎が払う。または、かわすということを、杉沢は計算に入れてある。

このときの敵のうごき方によって、こちらが変化し、敵の青眼を破るというわけであった。

事実、杉沢の〝青眼破り〟は道場でも評判のものだ。その激烈で、しかも的確な刀（とう）のさばきには他の門人たちも手が出ない。

「む！」

突きを入れた杉沢の向うから、同時に、八郎が突きこんできた。

いままでに見たこともない、すさまじい八郎の突きであった。

二人の軀（からだ）が矢のように飛び違ったとき、

「うわ……」

異様な声をあげ、杉沢伝七郎が草のなかへのめりこむのを、門弟たちは見た。

ぽん……と、八郎が木刀を投げ捨てて、
あっけにとられている一人の手から大刀を取って腰にさすと、

「死んじゃアいねえが、傷は重い」

別の一人から、それぞれ取りあげ、

「おい、羽織だ、傘だ」

「心ゆがみたれば、剣またゆがむべし、心形刀流の教えを、お前らは何と見ているんだ。いま、おれが杉沢を打倒したのも、おれの腕が奴（やつ）よりもすぐれていた、というのじゃアねえよ。わかるか？　わかるめえな」

門弟どもは、ぽかんと口をあけ、八郎を見まもっているのみだ。

ここで、八郎は、にこりとして、

「それ、早く杉沢を介抱してやれ」

さっさと、堤の道へあがって行ってしまった。

六人が、いなごのように、倒れている杉沢伝七郎へ飛びついていった。

杉沢の喉もとから首すじにかけて、八郎の木刀が突き破った裂傷が血をふき出している。

杉沢は失神していた。

三

伊庭八郎は、三輪へ出て、駕籠をひろった。

はじめは、まっすぐに御徒町の屋敷へ帰るつもりでいたのだが、気が変った。

雨にもうたれているし、袴や着物にも泥濘の飛沫がついている。このままの姿で帰って、もし軍平にでも見られたら、

(どうも、みっともないことだな)

子供の喧嘩ではあるまいし、馬鹿なことをしたものだと、八郎は駕籠にゆられながら苦い舌うちをくり返した。

「おい、駕籠屋。ちょいと気が変った。松葉町の貞源寺へやってくれ」

駕籠は、坂本の小野照崎（おのてるさき）の社（やしろ）のところから左へまがった。

入谷田圃（いりやたんぼ）をぬけ、松平出雲守（いずものかみ）下屋敷の横道をどこまでも行くと、まわりは、どこもここも寺院の塀が立ちならびはじめる。

貞源寺は、伊庭家の菩提寺（ぼだいじ）であった。

この寺は、徳川将軍家との縁もふかい。家康が壮年のころ、開山春公大和尚（だいおしょう）に帰依（きえ）したとかで、江戸幕府が天下に号令するようになると、すぐ三河国生熊から江戸へうつされたものだ。

貞源寺が、お茶の水から浅草・松葉町へうつったのは明暦三年のことだという。

門を入ると、正面に〝法悦地蔵尊〟と彫られた台石の上に、古びた石地蔵が、まつられてある。

本堂も庫裡（くり）も、雨にけむっていた。

「おや、おや。伊庭の若先生じゃございませんか」

庫裡の裏手から、寺男の伊助が飛び出して来た。

「ど、どうなすったんでございます、泥だらけで……」

「何、なんでもないよ。ときに和尚さんはおいでか？」

「へえ、へえ」

伊助は、庫裡の一室に八郎を案内する。

「すぐに、湯をたてます」

そそくさと出ていった。

小坊主が、着替えの下着やら、着物やらを運んできてくれた。

別の小坊主が、粥と香の物をのせた膳をもってあらわれ、

「めしあがりますか？」

「おお。いただこう」

小坊主の給仕で、八郎は熱い粥を食べはじめた。

「御住持は、お変りないか？」

「おかげさまにて――」

十歳ほどの小坊主なのだが、盆をひざにおき、もったいらしく応対するのが、おかしかった。

庭に面した縁側をふんで来る足音がした。

八郎は、箸をおき襟もとを正した。

縁側から老和尚の顔がのぞき、

「ゆっくりしていきなされ」

こういって、すぐにまた、どこかへ去った。

貞源寺の住職・了達(りょうたつ)和尚は、今年で六十二歳になるが、筋骨たくましい大入道で、若いころは伊庭道場へ来ては、夢中で稽古をしたものだと、八郎も聞いていた。

この和尚は、八郎の子供のころから、寺へ呼びよせたり、また自分が伊庭の屋敷へ来たりして、非常に可愛(かわい)がってくれたものだ。

江戸の侍の子としての教育も、

「わしがつけてあげよう」

八郎が五歳のときから十歳まで、四書五経の素読を和尚みずからが教えてくれたし、そのほか、習字のめんどうも見てくれた。

「何、剣術がきらいならやらんでもよいわえ。おぬしは、好きな学問の道へすすむがよい。そのほうが、おぬしの心身には適しているようじゃしな」

和尚のいう通りであった。

子供のころの八郎は、よく風邪をひいたし、いつも青白い顔色をしており、

「八めには、後をわたせぬなあ」

まだ存命中だった実父の軍兵衛を、あきらめさせたようだ。

和尚の教え方は、のびのびとしたものであったが、八郎は、もう夢中になって書物にかじりついた。

「まあ、こんなものも一通りはやっておくべきじゃろ」

と、和尚は〝太平記評判理尽抄〟だの〝平家物語評判〟なども講釈してくれたが、八郎を、もっともよろこばせたのは〝万葉〟の講義であった。

こういう八郎が、突如、十六歳から剣をとるようになったのである。

「どうしたわけじゃ？」

了達和尚は、ぎょろぎょろした大きな眼で八郎を見守り、

「このごろは、道場へ出ているそうな……剣術が好きになったのか？」

「はい」

「荒稽古に、おぬしの骨が折れてしまいはせぬか？」

「大丈夫です」

骨は折れなかった。

そして、日毎（ひごと）に、八郎のひ弱そうな体質に、ぴいんと筋金が、はめこまれたようになった。

「亡（な）くなられた軍兵衛殿が見たら、さぞよろこばれようが……それにしても八郎殿。

なぜ書物を捨てて剣をとったのかな？」

和尚が何度きいても、

「申しあげられません。また、申しあげようもありませんので……」

と、八郎は受けながしてしまう。

「年に似合わず、きつい男よな。ま、よい、よい。おぬしにも何やら、おぬし一人の胸のうちに芽生えた秘密があるのじゃろう」

「はい」

「そうか、やはり……」

「はい」

「よし、よし。誰にも言わぬときめた秘密なら、死ぬまで、おぬし一人の胸にしまっておけよ」

以来、和尚は、このことについて、八郎に問うたことはない。

粥を食べ、湯をあびて、八郎は、庫裡の一室に、寝ころがった。

そのまま、和尚を待つうちに、いつの間にか、とろとろと眠ったらしい。

ハッと目ざめると、了達和尚が縁側から入って来るところであった。

「これは、これは……」

坐（すわ）り直して、手をつくと、

「あのな、つやどのが見えたぞ、わしに相談をしにな」

和尚が近よって来て、八郎の肩を突き、

「おぬし。つやどのを妻にするのが厭なのか？」

八郎は黙っていた。

石のように、黙っていた。

定(じょう)客(きゃく)

一

つやは十九歳になる。

つやの父親が、伊庭道場の後継者となったのは八年前であった。

そのとき、つやは、母たみ共々、御徒町の伊庭屋敷へ引き移った。ときに、つやは十一歳。伊庭八郎、十五歳であった。

「お兄さま――」

と、つやは八郎をよんだ。

父親は、伊庭の当主となってからも、いろいろと苦労が絶えなかった。千人余もいる門下の中から、先代軍兵衛にえらばれ、その養子となったのであるから、風当りもつよかった。

もちろん、剣もすぐれていたわけだが、

「あの男なら、道場の運営も、ぬかりなくやってのけられよう」

亡き軍兵衛が見こんだように、その温厚な人柄は、次第に門弟たちの人望を得たし、はじめは反対をしていた後援者の松平阿波守も、

「よう出来た男じゃ」

やがて、そういってくれるようになった。

たとえ養子といえども、伊庭の当主は〝軍兵衛〟を名乗るのが慣例なのに、それさえも遠慮し〝軍平〟と名乗ることにしたほどのつやの父親である。

「お父さまも、何かと気苦労が多いのですよ」

と、よく母親がつやに言ってきかせたものだ。

つやも、はじめのうちは屋敷内の道場からきこえるすさまじい稽古のひびきに怯え、食事も喉へ通らぬほどだったが、

「おつや。私も剣術の稽古はこわくてね。だが、まあ、すぐに馴れるよ」

何かと、八郎がなぐさめてくれた。

少年のころの八郎の美貌は、新しく来た女中が八郎の食事の給仕をしていて茶碗をさし出す手がぶるぶる震えたほどであったという。

「おつや。私と一緒に貞源寺へ行かないか。また和尚さまが、おもしろい話をきかせ

てくれるよ」

八郎はこういって、つやを連れ出し、よく貞源寺へ出かけたものだ。

こういうわけで、つやも了達和尚には、気がねなく何事もうちあけられる間柄になっている。

その日——。

朝飯をすますと、すぐに、つやは下男ひとりを供にして、貞源寺へやって来た。

つやは自分より先に、八郎が寺へ来ていることを知らなかった。

だが、茶を持って来た小坊主が、

「今朝早く、若先生がお見えになり、いま、奥の部屋で、やすんでいらっしゃいます」

といった。

「さようですか……」

つやは、顔色も変えず、また八郎のいる部屋へ行こうともしない。

了達和尚が入って来ると、つやは、すぐ話をきり出した。

「父が、わたくしとお兄さまとを夫婦にしたい、と、お兄さまに話したのは、かるはずみでございました。お兄さまは……そのことでお苦しみらしいのです。そのことがあって以来……あの……道場へも帰らぬこと……が」

「吉原通いが、だいぶ高じているそうじゃな」

つやは少し頸すじをあからめ、目を伏せた。

「八郎は、おぬしと仲よしなのじゃないのか。そうじゃろ?」

「と、わたくしも思うておりましたが……」

「ふむ……なればこそ、軍平殿も、このことを八郎に切り出したものであろう。ところが、八郎の返事が煮えきらぬ、とこういうわけじゃな」

「はい……お兄さまは、わたくしを妻にとは考えておいでではありません。そのことは、はっきりいたしました」

つやは、唇をかみしめ、

「お兄さまは、父に義理をたて、ことわりにくいのだろうと思います。これでは、父も、わたくしも伊庭家の御先祖さまに申しわけありませんし……また、わたくしの心も、しかと定まりませぬ」

「なるほど……」

「父も母も、わたくしには何も申しませぬが、困っているようでございます。和尚さま。どうか、和尚さまからお兄さまに、父の申したことは水に流し……あの……、吉原へは、あまり足をおはこびにならぬようにと……」

「なるほど……」

「このままでは、わたくしも居たたまれませぬ」

切長の目を見張り、和尚を見つめつつ、つやは、しっかりというのである。

「ようわかった」

和尚は、うなずいたが、

「わからぬのは、八郎の胸のうちじゃな」

「いえ。それはもう……」

「お前さんを女房には出来ぬという胸のうちじゃよ。別にお前さんが、きらいなのじゃないと思うがな」

「けれども……」

「きらいでないのに、夫婦にだけはなりたくないという……ここじゃよ」

「はあ……?」

「何しろ、二十三かそこいらの若僧のくせに、肚の中は二重三重のふくみをもっている男だ。これは、よくよく考えぬといかん」

「………」

「よし。まあ、もう少し待っていてくれぬか。わしもよう考えてみる」

「はい……」

「八郎に会うか?」

「お兄さまが、よいとおっしゃれば……」

「待て」

和尚は、もう一度、八郎のいる部屋へ出むいて行ったが、

「消えたわ……」

さっきは、石のような沈黙をもって、和尚の問いに答えなかった八郎だが、和尚が苦笑しつつ、つやの待つ部屋へ行っている間に、

「急用で帰ったと、和尚さんにおつたえしてくれ」

と、寺男にいい残し、寺で借りた単衣(ひとえ)の着流しに大小を帯し、いつの間にか貞源寺を去っていたのである。

二

「これア、若先生。こんなに早くから、どうなすったんでございます」

〝鳥八十〟の板前・鎌吉が、びっくりして、店先へ入って来た八郎を出迎えた。

貞源寺から、上野広小路まで、八郎は歩いて来た。

遊びに出るときも、八郎は伊庭道場の後嗣らしく、いつも、きちんと羽織、袴をつけている。

それだけに、吉原下駄をはき、泥の飛沫が着流しの裾にあがっている八郎の姿を見て、鎌吉は不審に思ったのであろう。

「いや、何でもねえのだ。少し、やすませてくれねえか」

「へえ。けれど、まだ昼前でございますよ。何もできやしません」

「かまわぬ」

「ともかく、おあがりなすって――」

「酒をたのむ。ほかのものは何もいらねえよ」

店先から、二階へ通る八郎に、女中たちが先をあらそって挨拶にやって来る。

いちいち、気さくに声をかけてやりながら、八郎は北側の小座敷へ入った。

「おう。おう――」

窓の下は、忍川である。

その向うに山下の広場がひろがり、上野の山の杜を背負った黒門と御成門が、雨の幕の中に浮きあがって見えた。

〝鳥八十〟は、広小路の盛り場でも古い料亭で、鳥料理が自慢の店であった。

この店へ二年前に八郎を連れて来たのは、親友の本山小太郎である。

以来、八郎は〝鳥八十〟の定客となった。

料理も口にあったからだが、

「おれはねえ、お前がいるから来るのさ」

と、八郎は鎌吉にいったものだ。

板前の鎌吉は気性のさっくりとした男で、三十になっても女房も貰わず、気まま自由にはたらき、暮している。

「うらやましいよ、お前は――庖丁ひとつありゃア、どこへでも飛んで行けるのだものな」

いつも、八郎は、そんなことをいう。

「だからいけませんのさ。この年になって、所帯も持てねえ」

「持ちたくねえのだろうが――」

「違えねえ。もうねえ、若先生。男がこの年齢になるまで独身でいると所帯を持つのが、そらおそろしくなります、いや本当なんで――」

八郎が来ると、もう鎌吉は、これにつきっきりになる。

八郎へ出す料理はすべて自分の手にかけ、それが終ると座敷へ来て酒の相手をする。

「どういうわけだか、若先生とは気が合います」

「どういうわけだ？　いってみろよ」

「そいつが、わからねえ。ただ、もう、お顔を見ねえと、さびしいので……」

「おれはな、自由気ままなお前の、その、たのしそうな顔を見るのが、うらやましくもあるし、またうれしくもあってね」

「何をおっしゃいます。あなたさまは江戸でも名代の伊庭道場を、今にその腕一本で背負って立とうというお方じゃございませんか。何の不足もあるわけがねえと思いますがね」

「ふン。そこが素人のあさましさというやつだ」

「そうでござンすかねえ……」

八郎が〝鳥八十〟へ来はじめたころ、二階の小廊下で、酔った勤番侍が三人、女中をつかまえて見るに耐えない〝いたずら〟をしかけたことがある。

「とんでもねえ畜生めらだ!!」

鎌吉が、これをきいて二階へ飛んで行くと小座敷から出て来た八郎が、女中をかばい、侍たちへ挨拶をしているところであった。

きちんと両手をつき、頭を下げて、

「客商売の内中でもありますれば、どうか御かんべんを願いたい」

八郎が、あくまでも丁重にわびている。

（何だ、だらしのねえ。伊庭の若先生が聞いてあきれる）

鎌吉は舌うちをしたものだ。

ところが、いくらあやまっても、三人の侍は承知をせず、からみ方がいよいよくどくなる。

「わいらなどは、引っこんでおれい」

下卑た声をあびせ、中の一人が進み出て、いきなり、八郎の頭をなぐりつけた。

誰の目にも、なぐりつけたと見えた。

ところが、その勤番侍の大きな軀は、まるで天井へ舞いあがったかと思われるほどにはね飛び、両膝をついている八郎の頭上をこえて、廊下の向うへ、もんどりうってころがって行った。

次の瞬間には、別の二人の侍が、ばたばたっと、将棋の駒を倒したように廊下へ仰向けに転倒している。

心配そうに、このありさまを見ていた他の客や女中たちが驚嘆の声をあげたときには、伊庭八郎の姿が小座敷の中へ吸いこまれようとしていた。

何とも、すばらしい早業であった。

息をふき返した勤番侍は、まっ青な顔の色になり、物も言わずに〝鳥八十〟から逃げて行ったという。

すぐに、八郎が救った女中を連れ、鳥八十の女将が挨拶に出た。

「ぎょうぎょうしくするな。江戸のものは大げさなことが大きらいだよ」

手を振って、これだけ言うと、八郎は、むしろ気はずかしげに、うつ向いて箸をうごかしていたそうな。

このことを女将から聞いたときから、

(どうやら、おれは若先生に惚れこんだらしい)

と、鎌吉は思っている。

それでいて、鎌吉は、八郎のあのときの早業については、一言も八郎へはもらさなかった。

おのれの胸中に湧き起った感動は、他人に知ってもらわずとも、おのれ一人の胸のうちに、いつまでもあたためておけばよい、という江戸の男の気性が、鎌吉にもそなわっていたからであろう。

三

伊庭八郎は、酒を二本ほど飲んでから、夕暮れまで、ぐっすりと眠った。

この間に、鎌吉が貞源寺へ出かけ、八郎の衣服を受け取って来てくれた。

つまみ洗いをした衣服には、火熨斗（ひのし）があてられ、折目正しく、たたまれてあった。

「お寺の坊さんからの言伝（ことづて）がござンした」

と、鎌吉がいった。

「ふうン……」

「この着物や袴へ火熨斗をかけたのは、おつやさんとかいうお人だそうで……」

「ふうン……それだけか？」

「へえ。何でも和尚さんからの言伝だそうで」

「そうか……」

それ以上は、いくら親しくとも、鎌吉は八郎に訊（き）くことをしない。

つやという女と八郎との関係には、鎌吉の立ち入るところではない。

（何かあったのだな……）

そう感じただけのことである。

「若先生、お腹は？」

「そうだな。飯を食おうか」

「承知いたしました」

雨は、やんでいた。

夕闇が、すでに濃い。

女中が、八郎の眠っている間に灯をともしていってくれた。

やがて、膳がはこばれて来た。

八郎の好きな合鴨の山椒醤油付焼やら、青紫蘇をあしらった鰹の土佐いぶしなどを中心に、鎌吉が腕をふるったものである。

おせいという中年の女中の給仕で、八郎は酒を飲み、飯を食べた。

客も、そろそろ入って来て、にぎやかな談笑の声が、きこえはじめている。

三州味噌をつかった皮付茄子の汁に、八郎は舌つづみをうった。

「鎌吉め、心得ていやがる」

「はい？」

と、おせいがきくと、

「何、おれの好きなものを心得ていてくれるということさ」

「そりゃアもう、鎌さんのことでございますから……」

「ありがたいことだね」

「はい？」

「鎌吉が、おれの食いものに気をつかってくれる、ありがたいということさ」

おせいは、ちょっと目をみはるような顔つきになった。

そのころの侍が、板前風情（ふぜい）に向けていう言葉ではないからであった。

飯を終えたころ、鎌吉があらわれた。

「本山の旦那（だんな）がお見えになりましてす」

「本山が……」

すぐ廊下から、

「やはり、いたな」

本山小太郎が、ふっくらとした血色のよい顔を見せ、

「すまねえが、鎌吉。はずしてくれ」

といった。

鎌吉も、おせいも、すぐ座敷から出て行った。

「八郎さん。今朝は大変なことをしたそうだね」

かすかに眉(まゆ)をひそめ、本山小太郎が八郎の前に、あぐらをかいた。

小太郎は、講武所(こうぶしょ)での剣術仲間であった。

〝講武所〟は、幕府が、太平の世になれた徳川の侍たちが、知らず知らず遊惰(ゆうだ)に流れようとする風潮をあらためる目的でもうけた、いわゆる武術の学校である。

いまは神田小川町にあり、徳川旗本・御家人の子弟を中心にした生徒が二千人もあった。

講武所では、弓・砲・槍(そう)・剣の四術を教え、教授方には各流の名人をえらんで、これに当てている。

伊庭家からは、先代軍兵衛、当代の軍平、ともに講武所の教授をつとめていて、八郎も剣術に身を入れるようになってからは、むしろ、わが道場よりも講武所で稽古をはげむことをたのしみにした。

鉄舟(てっしゅう)・山岡鉄太郎と八郎との猛稽古が世につたえられたのも、この講武所においてである。

本山小太郎の家も、伊庭家と同じ禄高(ろくだか)二百俵の御家人であった。

小太郎は二十五歳で、八郎より二つ年長だが、童顔でもあるし陽気な性格なので、落着いた八郎よりも、ずっと年下に見える。

だが、八郎に〝遊び〟の十八般を教えたのは、この本山小太郎であった。

「とにかく、すぐに屋敷へ帰れよ」

と、小太郎はせきたてた。

「そりゃ帰るつもりだが……一体、何がどうしたというんだ」

「おぬしのおやじ殿が使いをよこし、八郎を至急にさがし出してくれと、かようにおたのみでな」

「父が……」

「おぬし、今朝、吉原で大喧嘩(おおげんか)をやったというじゃアねえか。杉沢伝七郎の喉笛を突き破ったとか……」

「大げさな――」

「とにかく大変だ。杉沢は松平家へかつぎこまれたらしいが、すぐに道場へ使いのものが来て、おぬしのおやじ殿は松平の屋敷へ呼びつけられたというぞ」

八郎の眼が、口もとが緊張した。

「帰る」

すぐに、八郎は身仕度にかかった。

伊庭屋敷

一

伊庭八郎が〝鳥八十〟を出たのは、六ツ半（午後七時）ごろであったろうか。

昨日、屋敷を出たときの衣服・袴をきちんとつけ、鳥八十の女中にたのんで、吾妻下駄を買わせにやり、これをはいて帰路についた。

貞源寺から借りた単衣は、明日、鎌吉が返しに行ってくれるという。

「伊庭。おぬし、いったい、どういう気なんだ?」

肩をならべて歩きながら、本山小太郎がいった。

あたりは暗くなっていたが、広小路の大通りは、両側に商家や食べもの屋が軒をつらねているので人通りも多い。

あがったばかりの雨にぬれた泥道に、明るい灯影が光っていた。

「おい。おいったら……」

「何だよ、本山――」

「おぬし、おれのいうことを聞いているのか?」

「ああ、聞いている」

「気のねえ返事をするンだなあ」

「だから、何だよ?」

「伊庭。少しは、おやじ殿の気持も考えろ。そりゃア、朝帰りのおぬしに打ってかかるなンざ、杉沢伝七郎も大間ぬけよ。だが、あんな奴(やつ)らに、そもそも、そんなことをさせるというのが、おぬし、いけねえのだぜ」

「はい、はい」

　と、八郎は少しもさからわない。

「伊庭道場の後をつぐつもりなら、もっと道場へ出て門弟どもに幅をきかせねえじゃアどうにもなるまい。おやじ殿はな、一日も早く、おぬしへ道場をゆずり渡し、隠居の身になりたい。こうお考えだ……と、まあ、おれはにらんでいる」

「ふむ、ふむ……」

「おい。まじめに聞けよ」

「ありがとうよ、本山。たしかに、おれがいけねえのだ。よく、わかっている」

「わかっていたら、なぜ、あらためねえ」

八郎が苦笑をした。

何か、さびしげな笑いであった。

本山小太郎が立ちどまり、いきなり、八郎の肩をつかみ、顔をよせて、

「なぜ、おれに、うちあけてくれないのだ」

「何を……?」

「おぬし、何か隠している。おぬしひとりの胸の中に誰にもいえぬことがある。そうだろう?」

「そんなものはない……」

「いや、ある。おつやさんとの縁談が厭(いや)だというだけのものじゃアねえと、おれはにらんでいる。おぬしほどの人間が、そんなことで、無茶な吉原通いをするわけがねえ。それに、第一、おぬしがおつやさんをきらうわけが、おれにはわからねえのだ」

「ふむ……」

「おい伊庭。水くさいぞ……」

八郎は、本山の手をふりはらうようにして歩き出しながら、

「本山。お互いに、将軍(だんな)のお供で江戸を発(た)つ日は目の前に来ているンだ。今度、京へ

のぼったら、当分は帰れないよ。まあ、伊庭道場の後をつぐのつがねえのなんてことは、当分おあずけさ」

さっさと足を早めた。

本山は舌うちをして、これを追った。

あたりに、灯影が絶えていた。

二人は広小路から御成街道へ出た。

両側は、石川日向守、小笠原左京大夫なぞの宏大な屋敷が並んでいて、長くつづいた築地塀の彼方に、ぽつりと辻番所の灯が見える。

御成街道は大通りであるから、まだ人通りもあるが、小笠原中屋敷の角を左へ曲ったとたんに、人影もない闇をすかして見て、

「本山。ちょいとさがっていろ」

低く、八郎が声をかけた。

その瞬間であった。

右側の小笠原屋敷と左側の井上屋敷の塀に貼りついていた黒い人影が、ものもいわず、突風のように、八郎へ殺到して来たのである。

闇の中に光って飛んで来る刃が、本山小太郎には十にも二十にも見えた。

である。

二

本山も北辰一刀流(ほくしんいっとうりゅう)をかなりつかうのだが、こんな闇打ちに出あったのは、はじめてである。

「あッ……」

叫び声をあげて、二間ほども飛びさがり、

「誰だ!!」

抜刀して、身がまえた。

ところが、刺客たちは、本山をまったく無視して、八郎ひとりへ斬(き)りつけて来た。

斬りかけられたとたんに、八郎の軀(からだ)は、右手ななめ前に飛んだ。

ということは、敵方の左手へまわったことになる。

刺客は、四人であった。

一気に、小笠原屋敷の塀際(へいぎわ)まで飛んで行ったかと思うと、くるり、八郎の軀がまわって、

「えい」

抜打ちに、あびせた。

悲鳴をあげて、そやつが転倒したときには、次の一人の絶叫が、またあがった。

「伊庭‼」

あわてて、本山小太郎が馳せよったとき、また一人、倒れた。

残る一人——こやつは感心に逃げもせず、三人を倒した八郎の真向から、

「たあッ‼」

猛烈な捨身の一刀を打ちこんできた。

刃と刃が嚙み合うすさまじい音が、はじめておこった。

ともかくも、四人のうち、この男だけが八郎の刀にふれたわけだ。

前の三人は刀を合すところまでゆかないうちに倒されてしまっている。

「きさま、どこの浪人だ」

鐔ぜりのかたちとなって、八郎が声をかけた。

「くそ。うぬ……」

火のような呼吸で、たくましいその浪人者が、ぐいぐいと八郎を押しまくってきた。

八郎は、これにさからわず、鐔を合せたまま、するするとさがる。

しめた、と思ったのであろう。

浪人は満身の力をこめて八郎の刀を突き放し、

「やあ!!」

よろめく八郎へ、必殺の一刀を叩きつけようとした。

だが、よろめいたと見たのは、浪人の未熟のいたすところで、八郎は、相手が力をこめようとする一瞬をとらえ、ふわりと刀をはずしていたのである。

だから、浪人は、力あまって、たたらをふむかたちになった。

そこへ、右足をまわし、八郎が身をよじらせつつ、

「む!!」

片手なぐりに振りおろした刀が、浪人の襟のあたりを打った。

「う、うう……」

くたくたと、浪人は膝をつき、ゆっくりと土の上へ横たわった。

「伊庭。殺ったなあ」

「違う。みんな峰打ちだ」

本山は、ぽかんと口をあけた。

「ふーむ。やるなあ……はじめて見たよ、おぬしの、こんな凄いところを……」

「何をいってるンだ。行くぞ」

「こいつらは……」

「誰でもいいさ」

八郎が吐き捨てるように言ったとき、後ろの闇の中で足音がおこり、たちまち逃げて行った。

「二人、見張っていたらしいな。あいつは、おれに顔を見られては困る奴らしい。この、ごろつき浪人どもは、どうやら金で雇われたンだねえ、本山――」

「どこのどいつだ。こんなまねをしやがったのは……」

「さてね」

八郎は、にやりとして、

「何とまあ、今日は忙がしいことだったよ。朝から二度も叩き合いをしたのだものな」

刀を鞘におさめ、八郎は歩き出している。少し行くと南大門町へ出る角に小笠原家の辻番所があって、番人二人が外へ飛出し、提灯をかかげて、八郎たちを迎えた。

斬り合いの気配に気づいて出てきたものらしい。

「御徒町の伊庭八郎です。不逞の者、四名ほど叩き伏せました」

いいおいて、さっさと、八郎は、練塀小路へ向って歩いていった。うしろで番人たちのさわぐ声を聞いたが、ふり向きもしなかった。

練塀小路の東、一つ向うの通りが御徒町和泉橋（いずみばし）通りである。

このあたりは、旗本や御家人の屋敷が多い。

いずれも、徳川将軍直属の武士の家というわけだ。

伊庭の屋敷は、和泉橋通りの東側にあって、北隣りが、寺社奉行吟味役・小俣稲太郎の屋敷。そのとなりが蘭方医（らんぽうい）で有名な伊東玄朴（げんぼく）の屋敷であった。

「本山。入らねえか」

門の前で、八郎がいうと、

「そうだな……」

本山小太郎は、ちょっと考えてから、

「よしにしよう」

「なぜだ。入れよ。入ってくれ」

「フン。おぬしは、おやじ殿と顔を合せるのが厭なんだろうが……そいつは、よくねえ。たまには差し向いで、ゆっくり話し合うもンだよ」

本山は、くすくす笑いながら身を返し、

「また、明日――」

走るようにして行ってしまった。

本山の屋敷は、下谷・西町にある。

どちらにせよ、今夜は、養父・軍平の前へ出て、軍平が松平屋敷へ呼びつけられたいきさつを訊(き)かねばならない。

家来の杉沢伝七郎が、八郎の手にかかって無惨(むざん)な敗北を喫したことを、松平家でも捨ててはおくまい。

それにしても、軍平に顔を合せるのは気がおもかった。

門の前で、八郎は、ためいきをついた。

三

伊庭軍平は、すでに松平家から戻っていた。

伊庭の屋敷は、およそ三百坪の敷地に、五十坪の道場と六十坪の母屋(おもや)が建てられ、そのほか、仲間(ちゅうげん)・小者たちの長屋もあって、百坪ほどが庭ということになる。

この敷地は、嘉永六年に先代の軍兵衛が幕府から拝領したものだ。

そのときも、松平阿波守が金を出してくれ、道場と母屋を新築したのである。

門の扉を小者に開けさせ、八郎が、道場と母屋の間にある内玄関から入って行くと、

「お帰りなさいませ」

そこに、つやが待っていた。

「おお……」

「今朝、貞源寺に……」

じっとうらめしげに見つめてくるつやの視線をかわして、

「いま、峰吉にきいたが……父上は、お戻りだそうだな」

「はい」

「いま、うかがっていいか、どうか、御都合を……」

「父は、お待ちしております」

「そうか」

八郎は、まっすぐに廊下をわたり、軍平の居間の前へ膝を折って、

「父上。只今（ただいま）もどりました」

「おお。入りなさい」

軍平は、このとき四十七歳になる。

若いころから伊庭道場へ住込んで修行をし、八郎がうまれたときには、まだ妻帯も

せず、伊庭家に寝起きしていたものだ。

そのとき、軍平にとって八郎は、師の子息であったわけである。

「八郎殿」

と軍平は、今も、わが養子にした八郎を丁重に呼び、あつかうのであった。

小柄な体つきだが、むっくりと肩の肉がもりあがっており、端然たる容貌（ようぼう）には、えもいわれぬ威厳と、そしてやわらかな微笑がただよっている。

さすがに、八郎の実父・軍兵衛が年少の息子よりも、この男を見こんで伊庭家をつがしめただけのことはある。

「鍛冶橋（かじばし）へよばれてな」

と軍平がいった。

松平阿波守上屋敷が、鍛冶橋御門内にあるからだ。

「吉原で、杉沢伝七郎を打ちのめしたそうだな」

「はい」

「鍛冶橋でも、杉沢が、かつぎこまれたもので、だいぶ騒いだらしい。馬鹿（ばか）なことをしたものだ。私は、あれどもに、そのように思慮のないことをせよと教えたおぼえはない。おぬしに打ちすえられ、身うごきも出来なくなった杉沢の恥を、主家にさらすようなものだ」

「父上──」

「うむ?」

「それで……?」

「いや、別に──殿様にお目通りはせなんだが、重役方がな……」

「何と申されました?」

「杉沢の失態については、何もいうべきところがない。杉沢の父親の……ほれ留守居役をつとめておられる精太夫殿も、面目を失ってしまったわけだし……殿様も御不快だとか……」

──さっき、おれに刺客をさし向けたのは、伝七郎のおやじの精太夫だな……と、八郎は感じた。

「それだけのことでございましたか?」

軍平は少し口ごもっていたが、

「つまるところは……」

と、いいかけたのへ、八郎が、

「つまるところは、私の吉原通い。杉沢ほか松平家のものが私に挑みかかったのも、つまり私の放埒が原因というわけで……」

「まあ、松平家では、そのように申すのだ」

「申しわけございません」

「何、私はかまわぬ……が、しかし、私には、ぜひにも、おぬしをこの道場の……」

「父上――」

われにもなく八郎はいった。

「私などより誰かほかの者に、伊庭の跡目をつがせてはいかがでしょう」

「そこまで、おぬしは考えておられたのか」

「今の八郎は、そのころの八郎と違います。とてもとても、父上のごとき力をもって、道場をおさめてゆけるだけの自信が、なくなりました」

「おぬし、つやとのことを根にもっているのではあるまいな」

「いえ……」

「あのことは、水に流してくれ。私が軽率でした」

軍平の声に、思わず激情が、ほとばしり出たようである。

「私の思いちがいであった。ゆるしてもらいたい」

軍平が、いきなり八郎の手をつかんだ。平静な軍平にしてはめずらしいことだ。

「私は、義理や恩義のため、先師の子息であるおぬしに道場をつがせなくてはならぬと思いこんでいるのではない。おぬしの技量、おぬしの人柄、おぬしの何も彼(か)もが、この伊庭道場をつぐものとしてふさわしいから……」

「父上……」

しずかに、その手をはらい、八郎は立ちあがった。

「不孝者ですが、とうてい私には、この道場をうけつぐことは出来ますまいかと存じます」

廊下へ出て両手をつき、

「おゆるし下さい」

「なぜだ。なぜ、私のあとをついでくれぬのだ。おぬしの胸のうちをすべて聞きたい、話してくれ」

「ごめん」

一礼し、八郎は自分の居室へ去った。

部屋には、床がのべてある。

水差も枕元(まくらもと)にある。

つやの化粧の匂(にお)いが、かすかに、ただよっていた。

どっかりと、床の上にあぐらをかいて、

(ああ……おれは、おれは、つまらぬことを父上にいってしまったなあ)

舌うちを何度もした。

道場をつぎたくないと言ったことは、あの秘密をうちあけて、軍平を苦しませ悲しませるのと同じような結果になったといってよい。

なぜ、あの秘密を、八郎はひた隠しにするのか……その秘密をあかしたところで、誰も、八郎が思うように八郎をあつかってはくれまいからだ。たとえば、

「何も彼もうちあけたのだから、おれの思うようにさせてくれ」

と、八郎がいったとする。しかし、養父母にしても、つやにしても、いや本山小太郎でさえ八郎の希望通りに、すべてを理解してはくれまい。

(おれのことは、おれが、いちばん、よく知っている)

だから、誰にも秘密をうちあけたくないのだ。

雨が、またふり出してきた。

廊下に足音がして、つやの声が、

「お兄さま。お湯をおあびになりませんか?」

「いや、結構——」

「では……」

かなしげに廊下を遠ざかるつやに追いすがり、力いっぱい抱きしめてやりたいと、八郎は思った。

将軍進発

一

慶応元年五月十六日——。

将軍・徳川家茂は、老中・若年寄の閣僚をしたがえ、江戸城を発して京都へ向った。

伊庭軍平・八郎の父子（おやこ）は、将軍の駕輿（かご）のすぐ前にあり、奥詰方（おくづめかた）十二人と共にすすんだ。

駕輿の後方は、講武所からえらばれた剣士五十名が、かためている。

「この前の御上洛（ごじょうらく）のときとは、まったく違うな」

伊庭軍平は、まんぞくげに、となりに肩をならべて行く八郎へ、ささやいたものだ。

「はい」

八郎も眼をかがやかせて、うなずく。

前方の槍（やり）隊のあたりに、家康相伝といわれる金扇の馬じるしがひるがえり、まさに、徳川将軍の威風を天下に誇示せしめんとする大行列であった。

左右前後のそなえは、松平伊賀守（信州・上田）、牧野河内守（丹後・田辺）など六名の大名が藩兵をひきいて、これにあたった。

供奉の諸大名は、井伊掃部頭（彦根）、松平越前守（越前）などの十名で、これも武装の藩兵をひきいている。

幕府直属の砲兵・騎兵・撒兵の諸部隊も、堂々と隊列をつらねている。

二年前の文久三年の春にも、将軍の上洛があった。

このときも、伊庭父子は奥詰の一員として行列に加わった。

だが、二年前の上洛と今度のとでは、大分に〝将軍進発〟の目的が違っている、と、八郎は思っていた。

（今度こそは、将軍おんみずから陣頭に立たれ、長州まで攻めのぼられることだろう。いや、そうでなくてはならぬ。そのときは、おれも……）

と八郎は決意をかためていた。

学問を捨て、剣をとった自分の決意も、今は、そこにむすびついているはずである。現在の徳川幕府の保守政治が、どんづまりに来ていることは、八郎にも感じられることだ。

英、米、仏など外国の勢力が東洋進出の辣腕をのばし、日本の門戸開放をせまってきたのに対し、幕府は、これをうけ入れざるを得なかった。

日本の海に浮かんだ異国の、鉄と大砲によろわれた軍艦ひとつを見ても、

「とても、かなうものではない」——

幕府としては、この威圧をはね返すわけにはゆかない。

幕府は、外国との通商条約にふみきった。

「目の青い毛唐人どもに、神州を侵されてたまるものか」

というのが勤王派の叫びである。

永年、国をとざしていた日本は、外国事情に盲目も同然だし、徳川政府としても、することなすことが、うまくゆかない。

日本のどこもここも行手の不安におびやかされていた。

こういうときに、革新勢力が頭をもちあげるのは当然であろう。

「もともと、我日本は天皇が統治したもう国がらである。徳川将軍の手より政権をうばい、天皇にお返しせねばならぬ」——

この勤王論が、外国勢力を追いはらえという〝攘夷論〟と一緒になり、日本国中にひろがっていった。

諸大名のうちでも、薩摩の島津家と、長州の毛利家は、勤王運動の中心となり、朝廷のある京都を舞台にして、今までも、さんざんに幕府をなやませてきている。

幕府は、会津二十三万石・松平肥後守容保(かたもり)を京都守護職に任じ、京都における勤王運動を押えにかかった。

同時に、将軍みずから京へのぼり、天皇の心をやわらげ、合せて徳川政権の威力を天下にしめそうとしたのが、二年前の将軍上洛であった。

このとき、長州藩は朝廷とむすび、京都におけるその威勢は強大なものになっていた。

諸国にみちあふれていた勤王浪人たちも、奔流のように京都へ押しかけ気勢をあげる。

これまでは、朝廷から勅使が江戸へ挨拶(あいさつ)にやってきたのが、今度は将軍が天皇の機嫌をうかがいにやってくる、というだけでも、幕府の威信のおとろえ方が知れよう。

ところが、天皇は、将軍をはじめて見て、すっかり気にいられた。

孝明天皇の御妹・和(かず)の宮(みや)は、幕府の政策によって将軍・家茂へ、むりやりに嫁がされたものである。

「将軍の顔など、見たくはない」

と言われていた天皇が、家茂と面談されてからは、

「立派な、よき将軍である」

と、おもらしになるようになった。

家茂は、十三歳のときに紀州家から迎えられて、十四代将軍となったものである。

ときの大老・井伊直弼(なおすけ)は、水戸や薩摩などの大藩が将軍にと押したててきた一橋慶喜(ひとつばしよしのぶ)をしりぞけ、家茂を迎えた。

つまり幕府内の葛藤(かっとう)と勢力のあらそいの中に将軍となった家茂だが、その聡明(そうめい)で温厚な性格は、誰の目にもあきらかであった。

なりたくてなった将軍ではないが、

「何とか世のさわぎがおさまらぬものか……」

と、家茂は、それのみをねがい、純白な若い日の明け暮れを送りつづけてきている。

こうした家茂の心を、すばやく孝明天皇は、見ぬかれたものであろう。

「これで、和の宮のことも安心していられる」

天皇も、ほっとされたようだ。

これに対して、長州藩では、口に勤王をとなえながら、やることなすことは、まったく天皇の存在を無視した乱暴な陰謀を次々に実行するのだ。

過激派の公卿どもを抱きこみ、上洛した家茂をいじめぬくと共に、

「無理矢理にも天皇を長州へお連れ申し、いっきょに幕府をほろぼす軍をあげよう」

などという、おどろくべき計画を、調子にのってすすめはじめる。

皇都を長州におこう、とでもいわぬばかりの勢いなのである。

「長州のやることは、信じられぬ」

と天皇は、家茂の上洛を機に、

「これよりは、徳川将軍と朝廷とが手をむすび、国難を乗りこえようではないか」

決意をされた。

二

朝廷内にも、佐幕と勤王の両派がうまれた。

しかし、天皇の決意がゆるぎないものである以上、幕府は有利な立場をしめたことになる。

機を見るに敏な薩摩藩などは、

「このさいは、幕府を助けておこう」

と、方針をきめた。

薩摩は会津藩とむすび、いっきょに、長州藩の勢力を京都から追いはらってしまうことにした。

このクーデターは、見事に成功した。

一夜のうちに皇居をかためた薩摩・会津の武力には手も足も出ず、長州藩は藩兵をひきいて、すごすごと領国へ引上げて行った。

前回の将軍上洛は、およそ、こうした情勢のうちにおこなわれたのである。

まだまだ、ゆとりがあった。

伊庭八郎も、将軍が入っている二条城内で、他の剣士たちと共に上覧試合をおこなったり、はじめて見る京の町を歩き、みやげものを買いととのえたり、鴨川べりの料亭で盃（さかずき）をあげたりしたものだ。

このとき、八郎は二十一歳。

養父軍平と共に、二条・所司代屋敷の北側、定番組屋敷の宿舎に入って、八郎は、たっぷりと京の風趣を味わった。

〝伊庭八郎征西日記〟の一節を、次にひろってみよう。

正月廿一日初
（将軍）御参内（皇居へ）。講武所方は一統御道固めいたし、奥詰は御供。

（中略）少子（八郎）どもは九ツ時頃、旅宿へ帰り候。その後、北野天満宮へ参詣（中略）金閣寺へ参詣候（中略）その後、御城代屋敷うしろ〝沢甚〟へまいり、鰻を食す。この家、都一番。

四月朔日
……三条通り辺へ買物にまいり、詩本米菴、千字文を買い、湊氏御たのみ孝経を求め、八ツ時頃帰宅、入湯いたし……。

などとある。

この日記の行間には、八郎が、幕府の危機を感じているらしい気ぶりもうかがわれない。

八郎は、翌元治元年の夏に、将軍にしたがい江戸へ戻った。

八郎が、つやにわたしたみやげものは、蛸薬師通り〝墨屋五郎兵衛〟方で買いもとめた西陣の女帯と、銀の脚に珊瑚玉をつけた簪であったという。

今度の上洛で、御徒町の屋敷を出るとき、見送りに出たつやの髪には、珊瑚玉のかんざしがつけられていた。

「ほほう」

と、めずらしく八郎は、つやに笑顔を見せて、

「よく似合う。そのかんざしを、おつやにあげたのは丁度一年前だったな。一年たって、尚(なお)もよく似合うようになった」

つやは、泣くような微笑をうかべた。

二人は、しばらくの間、じっと見つめあったまま、うごかない。

この二人を、軍平と妻のたみが複雑な眼のいろで遠くから見守っていた。

八郎の弟、直と猪作が、これも、ふしぎそうに、兄とつやを見くらべている。

直は十一歳、猪作は八歳の子供にすぎない。

八郎とつやの間に何がおこりつつあるのか、少しも知らなかったが、

「このごろは、兄上とおつやさんが口もきかなくなった」

二人で言いあっていただけに、あくまでも明るい微笑をくずさず、つやを凝視している兄と、微笑がゆがみ見る見るうちに両眼が涙でふくれあがってきたつやを見て、直も猪作も、顔を見合せつつ、兄を送る言葉も出なかったようだ。

小者二名をしたがえ、江戸城へ向う軍平と八郎の背中へ、

「兄上。おつやさんに、また、みやげを買ってきてあげて下さアい」

通りへ飛出して叫んだ猪作の声が、いつまでも、なまなましく八郎の耳に残った。

三

去年、将軍が江戸へ帰って間もなくのことだが……。

長州藩は、領国(いまの山口県)において軍をととのえ、敢然として京都へ攻めのぼって来たものである。

勤王倒幕をとなえる長州軍であるから、

「まさかに——」

と思っていたところ、何と天皇おわす御所へ、長州軍は攻めかかったのだ。

まさに、おそるべき闘志だといえよう。

何が何でも京都を手中におさめよう、皇居を我手に支配し、幕府に協力するものは片端から追いはらってしまえ、というわけである。

理屈も何もあったものではない。

強引に天下の政権をつかみとろうというエネルギイで長州軍は充満していた。

これこそ、革命のエネルギイである。

理論が行動に引きずられて行くのだ。いや、行動が理屈を生むのである。

とにかく勝てばよい。

勝てば何とでも理屈はつくのである。

御所を守る幕府軍と長州軍とは砲火をまじえ、すさまじい戦闘をくりひろげた。

皇居も火につつまれた。

京都市中の被害は、焼失家屋二万七千四百戸におよんだという。

狼（おおかみ）の群のような長州の攻撃も、薩摩や会津を中心に諸大名が編成した幕府軍には、量的におよばなかった。

またも長州勢は領国へ逃げ帰らねばならなかった。

むろん、孝明天皇の怒りは、きびしかった。

幕府が願い出た〝長州征伐〟にも、すぐに勅許をあたえられた。

幕府は、ここで第一次の征長軍を編成した。

征長軍総督には、尾張・名古屋六十一万九千石を領する徳川慶勝（よしかつ）が任じた。

芸州口からの攻撃は、山陽道にある諸大名に、石州口を山陰道の諸藩、下関口を九州の諸藩に命じ、

「今度こそは、長州を——」

と、幕府も意気ごんだ。

ところが、参謀に任じられた薩摩藩の西郷吉之助（隆盛）が、独断でもって、長州藩との和議を成立させてしまった。

西郷といえば、薩摩を代表する人物である。

長州藩は、戦争の責任者として家老・重臣の数名に腹を切らせ、いちおうは幕府に恭順した。

しかし、このとき、薩摩藩は、

「長州の息の根をとめてはいかぬ。いまに、我々は長州と手をにぎり、共に力を合せて幕府を倒し、政権をつかみとるのだ」

という考え方になっていたらしい。

薩摩の発言によって、長州征伐は、うやむやになってしまった。

「だらしのなさすぎるにも、ほどがある」

八郎は江戸にいて、本山小太郎にいったものだ。

「これでは、勤王派の奴(やつ)どもに見くびられるばかりだ」

その通りであった。

何しろ、将軍を守って戦場にのぞむべき徳川の旗本たちの中には、いざとなると馬にも乗れない侍がいるのである。

二百何十年もの間、太平になれてしまった侍たちは、完全に官僚化してしまった。

これは幕臣のみならず、諸大名の家来にしても同じことだ。

「なるべくなら、戦さなどせぬほうがよい」

誰も彼も、みんなそう思っている。

ところが、長州や薩摩では、少し前までは下積みになっていた貧乏藩士や、足軽、それに農民・町民の中からでも才能があり力があるものは、どしどし抜擢(ばってき)をして事に当らせている。

この革命さえ成功すれば、われわれも立派に中央へおどり出してはたらけるという意欲にみちみちている。

こうした下からの力がもりあがって、

「くされかかった幕府を倒せ。新しい時代は、おれたちが生むのだ！」

叫びつつ、いくら叩(たた)きのめしても屈せずに頭をもちあげてくるのだ。

いわゆる戦国時代の〝下剋上(げこくじょう)〟と少しも変らない。

上のものに代って下のものが伸(の)しあがってくるという姿は、どこにも見られたものである。

幕府にしても、そうだ。

今までの習慣をすてて、下級武士から人材をえらび出し、危急にそなえている。

「薩摩藩のうごき方次第だな。それによって、すべてがきまる」

と、今度の将軍進発を諸大名は注目している。

いまのところ、薩摩はだまっている。

だまっていながら、そっと長州をたすけている。

長州に金を送り、武器弾薬を送っている。

たまりかねた幕府が、

「このままにしてはおけぬ。将軍みずから進発され、征長の事をすすめるべきだ」

ということになった。

すなわち、第二次の長州征伐だ。

「今度は、やるだろう」

八郎もそう思っている。

「この軍列の御威勢を見ては、長州といえども上様の前にひれ伏すより仕方があるまいよ」

と軍平は楽観的であった。

すでに、将軍後見職として京都にある一橋慶喜は、長州進発の準備に忙殺されている。

徳川一門の大名たちは、将軍を大坂城に迎え、大軍を編成して長州へ向うことになっていた。

一度は降伏しておきながら長州藩はどしどし軍備を強化して、はばかるところもないのだ。

「長州は、あくまでも刃向ってまいりましょう」

と、八郎は軍平にいった。

「そうかな？」

「今度は父上と共に、戦場を駈(か)けまわらなければなりますまい」

「ふむ……」

閏(うるう)五月二十二日――。

将軍の行列は京へ入った。

その日のうちに、将軍が御所へ参内し、一年ぶりに天皇との会見がおこなわれ、二十五日、家茂は軍列をしたがえて大坂城へ入った。

そのころ、まだ喉(のど)の傷も癒(い)えぬ杉沢伝七郎が、松平阿波守江戸屋敷を脱走した。

伝七郎が、父の精太夫へ残した手紙には、

——かならずや、伊庭八郎の首、掻(か)き切ってお見せつかまつるべく候——。

と、記されてあった。

伏見稲荷

一

蟬が、鳴きこめていた。

稲荷山の谷へ面した小座敷に寝ころび、伊庭八郎は、ぼんやりと、左手の入れぼくろをながめていた。

親指のつけねのあたりに、小豆粒ほどの、うすぐろい入れぼくろを刺し彫っていたときの小稲の懸命な顔つきを、今でも八郎は、はっきりと思いうかべることができた。

(もう、一年もたつのか……)

早い、と思う。

(小稲という女、ふしぎな女であった……)

遊女でありながら、他の男の匂いが沁みついてしまった軀だということを、小稲は、まったく八郎に感じさせなかった。

処女でありながら、何となく、なまぐさい女もいる。

遊女でありながら、四肢のすみずみまでが清冽な泉に洗われつくしているような女もいる。

（女というものは、心ばえというものが、すぐに、はっきりと肌身へあらわれる。おそろしいものだな……）

そんなことを思いながら、八郎は徳利に手をのばした。

二本目の酒は、すでに切れていた。

「おやじ」

身をおこして手を叩こうとしたとき、数人の足音が、どやどやと土間へ入って来た。

「暑いな」

「かなわぬ。これから上へは、とてものぼれぬわ」

「とにかく酒、酒だ」

足音は、土間から板敷へ上って、八郎のいる部屋の隣りへ入って行った。

話しぶりで、この連中が、二条城・御組屋敷のものたちだということは、八郎にも、すぐわかった。

二条城は、京都における幕府の城である。

いま、将軍の後見職たる一橋慶喜が入っており、慶喜は朝廷と幕府の間に入って、昔日の威光を徳川家にもたらそうと懸命にはたらいていた。

御組屋敷の士は、二条城および慶喜の警衛にあたる。

八郎も、先年上洛のときには、御組屋敷の一つに寄宿していただけに、知人も多い。

(だが、知ったものはおらぬようだな)

酒は、少し待つことにした。

何にしろ隣室の連中が口々にわめきつつ、茶店の老夫婦やら孫娘やらを呼びつけては、酒や食べものを注文するのが、やたらにまた、さわがしいのである。

(非番なのだな)

と、八郎は思った。

伏見は、京の内だという。

この伏見稲荷の由緒は古く、伏見の町の東北・稲荷山のふもとに、宏大な社をかまえ、参詣の人も多い。

本社から奥社へぬける山道には、名物の千本鳥居がびっしりと並び、ここをぬけて山道を上るにつれ、稲荷山の谷や嶺に散在するさまざまな社がある。

〝山めぐり〟と言って、この参道には茶店もあるし、旅宿もあるのだ。

昨日の早朝——。

伊庭八郎は、大坂を発し、騎馬で京都へ来た。

これは、父・軍平の手紙を二条城・定番組頭・鈴木重兵衛へとどけるためであった。

将軍・家茂は、ちかごろ健康が思わしくない。

大坂城へ引きこもったきりなのである。

奥詰の城への出仕は、三日交替であった。

父の用で京へ行き、大坂へもどる八郎は、このとき非番にあたっている。

馬は、伏見稲荷門前の〝駒止場〟へつなぎ、八郎は〝山めぐり〟をしてきたところであった。

いま、八郎が休んでいるところは〝四ツ辻〟とよばれるところで、土産ものや、小さな奉納鳥居を売る店、茶店・旅宿が、せまい山道の両側に軒をつらねていた。

まだ、日は高い。

ゆっくりと休み、夕暮れから夜道をかけて、八郎は九里余の道を一気に大坂へ飛ばすつもりでいた。

（もう一本だけ……）

飲みたりぬというわけでもないが、谷間を吹きぬけて来る風が、いかにも涼しい、冷めたい。

となりの連中が去ったあとで、もう一本だけ飲もう……と考え、八郎が手まくらをして、また寝そべったときであった。

「あッ……ああッ……な、何をなさいます」

酒をはこんで来たらしい女の、けたたましい悲鳴が、隣室でおこった。

「叱ッ!!」

「黙れ、こいつ——」

「かまわん。当て落せ」

——ううッ……と、女のうめきがして、はたとやんだ。

女の声は若い。茶店の孫娘だろうと、八郎は思った。

老夫婦がいる茶店は道の向う側にあって、八郎たちがいるところは小座敷が四つほどある別の棟だ。夜ともなれば、講中などの旅宿になるものであろう。

八郎は、耳をすました。

侍たちの忍び笑いがする。

立ちあがって、がらりと境の襖をあけると、四人の男が、十六、七のむすめをかこみ、けしからぬ所業におよぼうとしているところだ。

むすめは当身をくらって気を失っている。

老夫婦は、ひとしきり酒食を運んだ後なので、こちらの様子に全く気がつかず、茶店へ入って来る参詣の人々相手に、商いに熱中しているらしい。

「何者だ、きさま――」

四人のうちの一人が叫んだ。

むすめは着物の裾をみだし、白く細い股のあたりをむき出しにされていた。

「奥詰、伊庭八郎というものです」

八郎が名乗ったときの、四人の顔の色というものはなかった。

二

四人とも、八郎には見おぼえのない顔であった。

顔を見合した四人が、少し青ざめ、それでも肩をいからしつつ、ものも言わずに部屋を出て行ってしまった。幕臣ならば八郎の顔は知らずとも、その剣名を知らぬ筈はない。

すばやく八郎は、むすめを抱きおこし、活を入れてやった。

「あ……あァ――」

　気づいて逃げにかかる手をつかんで、

「あわててはいかぬ、となりにいた客だよ」

　わかったらしい。

「おちつけ。何もされてはいないのだ。おれが追いはらった」

「まあ……」

　まだ、少女のような硬さが、顔にも軀にものこっている。

「ここの勘定も、おれがはらう。向うへ行って、じいさんに、よく話しておいで。さ、早く行け」

「はい……」

　むすめは、あわてて土間へ出て行った。土間へ駈けこんで来た茶店の老夫婦は、入ったばかりの侍たちが勘定もすまさず山道を駈け去ったのを見て、おどろいているらしい。

「どうしたンや、おゆう」

「あの……」

　あとは、声が低くなった。

八郎は、この部屋へ運ばれた酒を一本とって、自分の座敷へ引返した。

音をたてて、風が吹きぬけていった。

酒を茶碗(ちゃわん)にうつし、一気にのんだ。

そのとき、茶店の老人が、むすめを連れて土間づたいにやってくるのを、簾(すだれ)ごしに八郎は見た。

「いいのだ、かまうなよ」

声をかけて、半身をおこしたとき、

「う、うう……」

ながしこんだ酒が、逆もどりをしたように喉(のど)がつまったかと思うと、

「あ……」

こらえきれなかった。

八郎の口から、吐き出されたものは、酒ではない。血であった。

簾の向うで、むすめが何か叫んだ。

畳へ吐いた血へ、八郎がつかみ出した懐紙が、すばやく落ちて、

「早く、汚れをとれ」

こう言ったのが精いっぱいのところであったのだろう。

くずれるように、八郎は寝倒れ、仰向けになった顔を手ぬぐいでおおったまま、身じろぎもしなくなった。

「下にはお医者さんもいやはります、すぐに呼んで……」

むすめが言うのにも、八郎は手を振って拒絶した。

老夫婦が、水を運んで来る。

むすめが気つけ薬を持って来る。

これらの手当だけは、八郎も素直にうけた。

「もう大丈夫。何、大したことはない」

ややあって、八郎がいった。

むすめは、冷水を何度もくみ替えて来ては、手ぬぐいをしぼり、八郎のひたいへのせる。道の向うの茶店へは客も来るので、老夫婦は、その応対やら、八郎への心配やらで、汗だらけになり道の両側を往復しているらしい。

(これで三度目か……)

やっと、蟬の声が耳へも入ってきた。

(よかった。父上の前で、こんなざまを見せたら……こいつは大変だ。ここならいい。ここなら、誰にも知られずにすむからなあ)

さすがに、起きあがれなかった。

自分の生命に限りのあることは、すでに知っている。

八郎が、はじめて喀血（かっけつ）したのは、安政五年三月——十六歳のときであった。

この年は、アメリカ艦隊が浦賀へあらわれてから五年目にあたる。

大老・井伊直弼が、水戸や尾張の反対勢力をしりぞけ、日米修好通商条約にふみきった年でもある。

井伊大老が、薩摩と水戸の浪士たちの襲撃をうけ、桜田門外に果てたのは、これより二年後ということになる。

はじめての喀血を経験したのは、屋敷の浴室においてであった。

さいわい、このことは誰の目にもふれていない。

しかし、このときに、

（おれの命は、ごく短いものだ）

八郎は観念してしまった。

後年、八郎は〝鳥八十〟の鎌吉に、

「そりゃア、前々から熱っぽいこともあったたし。軀もだるくて飯も食えねえということもあった。だが、そのころのおれは、もうまるで本の虫さ。本さえ読んでいりゃア、少しばかりの病気なんぞは、いっぺんに忘れてしまったもンだし、また一度も座敷で寝こむようなことはなかったもンだよ」

と、もらしている。

病気が労咳（ろうがい）であることを、八郎は厭（いや）でも知った。

いまでいう肺結核だ。

「こりゃアいけねえ、こうなったからには、とても学問なんぞしているわけにゃアいかねえと思ってねえ」

そのとき、八郎がいうのへ、鎌吉が、

「なぜです？　剣術よりも学問のほうが、まだましだ。私ア、先生が、そんな御病気だなんて、つゆ知りませんでした。そんなお軀で剣術なンぞをつかったンじゃア、たまったものじゃアねえ」

あきれもし、おどろきもした。

「ふン、それが素人（しろうと）のあさましさというものだ」

「どうしてでござンす？」

「学問てえものはな、鎌吉。気を永くもって、じりじりと、何年もかかり、年を老（と）ってまでもつづけにつづけぬいて、何物かをつかむ、その上で世の中に対し、何らかの役目をはたす……まず、こうしたものなんだよ。おれはねえ、とても、そこまで、おれの躯が保ちきれねえことを知ってしまったんだものなあ」

「なぜ、保ちきれねえ、なぜ、そうおきめなさいましたンで——」

鎌吉は、つめよったものだが、それは無理というものであろう。

肺患は、つい最近まで〝死病〟であったのだ。

「おれが剣術へうちこむようになったのはなあ、鎌吉——剣術なら、ごく短い間に、何とか役にたつこともあろうかと思ったからだ。またもう一つ……」

「へ……?」

「もう一つ、剣術によって、おれは、おれの病気を押えにかかったのだよ」

三

十六歳の少年にしては、見事な感覚であり、決意であったと言うべきであろう。

肺患というものに対して、人間の精神力は、かなりのところまで立ち向えるものらしい。

筆者は、この病気を知りつつ若いころから仕事一筋に打込み、八十に近い長命を保って死んだ人を知っている。死んで解剖してみると、両肺は病菌に食い荒らされ、ほとんど形をとどめていなかった。

この間、この人は一度も病床に臥したことがない。

同じような人で、いまは中年ながら、懸命にはたらきつづけている人も、二、三見ている。

八郎、二度目の喀血は、文久元年九月——十九歳のときだ。

このときの八郎は、剣士として講武所内でも頭角をあらわし、伊庭軍平も、八郎を養子に迎え、伊庭道場の後継者とすべく、諸方への披露をすませたばかりであった。

このときの喀血も、八郎の眼だけが見た。

本山小太郎にさそわれ、東両国の豆腐料理〝日野や〟で夕飯をすまし、本山と別れてからの夜の路上で血を吐いたのである。

(あのときは……)

まざまざと、八郎は、その夜のことが思い出された。

三味線堀の佐竹侯屋敷の土塀に寄りかかり、八郎は必死に荒い呼吸をしずめながら、

(もう、いけねえのかな……)

絶望にさいなまれつつ、見上げた空の月の蒼い色を、今でも、はっきりとおぼえて

いる。

夕風がたつ前に、八郎は稲荷山の茶店を出た。

眼のふちに隈が浮いて、顔面は鉛色に変色していたが、

「もう平気だ。造作をかけたな」

むすめの手に、一両の紙包みをわたし、八郎は、さっさと山を下った。

〝三ツ辻〟とよばれるところの少し先に谺ケ池という池がある。

そこまで来ると、むすめが追いかけて来た。

「お武家さま。こ、こないにたくさん、いただくわけには、まいりまへん」

むすめは目をみはり、懸命に言う。

「いいさ。とっておけ」

押しつけられて、むすめは、八郎を送って来た。

帰れと言っても、ついて来るのだ。

壮麗な稲荷本社の前をぬけて、表参道へ出た八郎が〝駒止場〟から馬をひき出し、

「ありがとうよ」

にこりと笑いかけると、なぜか知らぬが、むすめの両眼から、どッと涙がふきこぼれたものである。

「何を泣く？」

声をあげて、むすめは泣きはじめた。

「よし、よし。ありがとうよ」

白いかたびらに馬乗袴をつけ、伊庭の家紋〝四ツ目崩し〟を金箔でうかせた陣笠をかぶった馬上の八郎が、街道の彼方へ消えてしまっても、茶屋のむすめは其処をうごかなかった。

馬を疾駆させ、八郎が大坂へ入ったのは夜ふけである。

伊庭軍平・八郎父子の宿所は、谷町の大仙寺であった。

この寺は、先年上洛のときも宿所としていたし、こころやすい。

帰ると、軍平は、まだ起きていた。

「これが鈴木様返書にございます」

「御苦労でした」

「くれぐれも、よろしくとのことで――」

「疲れたのか、顔の色がひどく悪いようじゃ」

「いえ、別に……」

すぐに、八郎は話題を転じた。

伏見稲荷での事件を語ったのである。

「いずれも、江戸から来た者ばかりと見うけました。徳川のさむらいが、まるで街道の雲助のようなまねをして、少しも、はばかるところがありませぬ。困ったもので……」

「ふむ……」

軍平も嘆息をした。

現に、今度の将軍上洛について、この大坂へ来ているものの中でも、

「京もよいが大坂もよい」

「酒がうまいな」

「何と申しても女じゃ。これア何だな、江戸の女には見られぬ愛嬌（あいきょう）があるし……」

「しかも、安い」

などと、そんなことばかり話し合っている連中がいる。

日に日に、殺伐さと猛烈さを加えてくる勤王運動に圧迫され、幕府も将軍も危急存亡のときだというのに、将軍警衛のさむらいどもが、大坂の紅灯に浮かれきっているのだ。

しかも、幕府が差し向けた長州征伐軍は、連戦連敗であるという。

将軍は病んで本営の大坂城に臥し、三十余藩の兵をあつめた大軍が、わずか長州一藩の兵に打破られるというのでは、どうにもならないではないか。

聞くところによると、薩摩藩では、長州藩の志気を鼓舞するため、正式の慰問使をさし向けたという。

(これで、いったい、どうなるのか……)

八郎も軍平も、暗然となった。

「それはともかく……」

急に、軍平が顔をあげていった。

「杉沢伝七郎が大坂へ来ておるそうな……顔を見たものがいる」

秋

一

この年（慶応二年）七月二十日――。

将軍・徳川家茂が、大坂に歿（ぼっ）した。

ときに、二十一歳という若さであった。

（おれは、この将軍の御馬前で、この軀（からだ）を、よろこんで投げ出したかった……）

伊庭八郎は、家茂の死という事実が自分の血のかたまりと化して、またも体内から吐出されたような気がしたものだ。

虚脱状態が、三日も四日もつづき、八郎は、ろくに物も食べなかった。

表向きの発表は、まだおこなわれなかったが、死後二日目に、大坂にいる幕臣たちは、将軍の死を知った。

誰も彼も、茫然自失（ぼうぜんじしつ）していた。

後年になって、あの勝海舟でさえ、

「家茂公のことを思うにつけ、おれは、何とかはたらかなくてはいかぬと思い思いしたものだ。なに、天下のためとか何とかいうのではなく、このおひと一人のために、命を捨ててもいいと考えたこともある」

と、もらしている。

十三歳から二十一歳にわたる歳月というものが、男の一生のうちで、どんな役割をするものか……。

階級、職業の別をこえて、これは誰の目にも、あきらかなものである。

男が世に出る前の〝自由〟が、そこにあったはずだ。

世に出て、その荒々しい波浪を泳ぎぬくべき力を、軀にも心にも培(つちか)うべき貴重な歳月であったはずだ。

しかし、そのすべてに、家茂は無関係であったといえよう。

家茂は、幕府閣僚の勢力争いの結果として、紀州家から迎えられた。

家茂が一つ年をかさねるたびに、幕府の動揺は、その烈(はげ)しさを増した。

「早く――一日も早く、世のさわぎが静まってくれるように……」

そのことのみに、若い日の明け暮れを送りつづけてきたのである。

いたわしかった。

このいたわしさは、孝明天皇にさえ感動をあたえたものであった。

「死なせてはならぬ。すぐに、典薬をつかわせ」

家茂重態ときかれ、天皇は、高階安芸守（たかしなあきのかみ）以下の典薬を大坂へ走らせ、家茂の看護にあたらせた。

以来、天皇は日夜にわたって内侍所（ないしどころ）にわたらせられ、家茂の全快を祈願されたという。

「八郎。おぬし、江戸へ戻ることになりましたぞ」

その夜――。

伊庭軍平が、城から宿所の大仙寺へ帰って来て、こういった。

「上様御遺体は、海路を江戸へうつしまいらせることになってな」

「なるほど……」

「講武所から七名。本山小太郎もその中に入っておるが、上様をおまもりして江戸へ……」

「心得ました」

家茂の遺体は、棺（ひつぎ）の中に塩漬けとなっておさめられ、城内本丸・一の間に安置してある。

　これを、海路をもって江戸へはこぶというのは、当然な処置であろう。

「さあ……」

　軍平は、大仙寺内の一室で、八郎を相手に冷酒をくみかわしつつ、

「これから、どうなるかじゃ」

「長州征伐も、上様御病気により、おんみずから御出馬もないままに……」

「どうも旗色は、よくない」

　家茂は、去年、江戸を発するにあたって、

「このたびの出陣は、並々のことではない。余の戦死の事もなしとはいえぬ」

　こうもらして、自分が亡(な)きのちは、田安中納言の子・亀之助をもって将軍位をつがしめたいという意向を、夫人・和の宮へつたえている。

　家茂と和の宮の間には、一子もなかった。

　だが、死にのぞみ、家茂は、後見職たる一橋慶喜に、

「後をひきうけていただこう」

　ともいい、

「あと十年……日本は、どうなりましょうか……」

つぶやいたそうな。

家茂は、慶喜と争って将軍位についた。

こういうことが根にあって、なかなか慶喜とはうちとけなかったが、死の前には、後見職としての慶喜の活躍ぶりを見直したようでもある。

「おそらく、慶喜公が将軍となられよう」

と軍平は、

「おぬしも、おそらくは、こちらへ引返すことになろうが……それまでは、何かと道場の気風をととのえておいてもらいたい」

強い視線を、八郎にあびせかけてきた。

「父上」

八郎は、しずかに言った。

「こうなっては、尚更(なおさら)に、伊庭道場の存続など、問題にはなりますまい」

「いや――」

軍平は、首をふって盃(さかずき)をおき、

「このような時勢なればこそ申すのです」

「わかりませぬ」

「人は家にうまれる。家において育つ。違いますか」

「その通りです」

「なればこそ、家は世の基盤(もとい)であろうと思う。ゆえに、いかなる動乱の時勢がこようとも、人は家をまもらねばならぬ。違いますか」

「…………」

「伊庭は剣の家です。剣は心なり、という伊庭の剣法をまもることが、わが家をまもることになる。今日、おぬしを私の後つぎにと申しているのではない。いまこのとき、江戸へ戻るおぬしに、伊庭の家を托(たく)すまでだ。私は、このまま、長州討伐の軍へ加わるやも知れぬ。先のことは少しもわからぬ。となれば……江戸へ帰るおぬしに、すべてを托すは当然のことと思います。違うかな」

ぬきさしのならないきびしさが、軍平の声にこもっていた。

八郎は思わず手をついた。

「わかりました」

「直も、猪作も、まだ幼いが放りすてておけるものではない」

「は……」

「直なり猪作なり、わが家をまもってくれるほどのものにしておかねばなるまい。たとえ一日でも十日でも、このことをしておくが、人としてのわれらのつとめではないか」

庭で、虫の声がしていた。

空は暗い雲におおわれ、少し前から、ぽつりぽつりと音がしていたが、このとき、沛然(はいぜん)と雨がたたいてきた。

二

江戸へはこばれた前将軍・家茂の遺体は、九月二十三日に、増上寺へほうむられた。

「これで、長州征伐も、うやむやになってしまったなあ」

八郎と共に江戸へ帰って来た本山小太郎も、がっかりしたらしい。

「伊庭。飲みに出ようじゃねえか」

何かにつけ、伊庭屋敷へやって来ては、八郎にさそいをかけた。

夕暮れになると、道場での稽古(けいこ)も終る。

日中は、ほとんど、八郎が道場へ出ているので、稽古にも活気がみなぎっていた。

「ここで一緒に夕飯を食おう。一本ぐらいはつけるぜ」

と、八郎が笑うのへ、

「おぬし。まるで人が変ったようだな」

「なぜ？」

「よくまあ、道場へつめきっていられたものだ」

「当然だろう」

「ふン。去年のことを考えてみろ。吉原通いに熱を入れて、どんなにお父上が心配なすったことか……」

「その父上が、いまはいない。おれが道場のめんどうを見るのは当然だ」

「ふン」

「何が、ふンだ」

「この時勢に、道場の一つや二つ、どうなろうと知ったことではないと、どの舌がいったのだ。だって、そうだろうが……」

「少し気もちが変ったのだ」

「ふうん……」

「大坂で、父上におさとしをうけてなあ」

「何だ。どんなことを……？」

「ま、いいやな。ときに本山。御公儀でも、いろいろと御役が変るらしいな」

「ふむ。何でも遊撃隊(ゆうげきたい)というものが出来るらしい」

「ほほう」

「今度の長州征伐の失敗に懲(こ)りたのかどうか知らぬが、一時は、剣術槍術(そうじゅつ)をやめさせ、講武所のものも、みな銃隊へ組み入れようということになったらしい」

八郎は、これを聞いて苦く笑った。

「おれたちに銃を持たせるのはいいが……持たせる銃がありゃアしまいよ」

「まあ聞け。これを聞いて怒ったのは大坂にいる講武所の連中だ。ことに、先般、御目付役に任ぜられた今堀登代太郎(とよたろう)さんがひどく立腹してな。老中の板倉侯へ食ってかかったという」

「何といって？」

「銃もあり、刀槍もあっての戦さでござる。それとも、幕臣のものすべてに、しかと銃がわたりましょうや？——と、まあ、おぬしがいまいったようなことをのべたてたてな。板倉侯も閉口したらしい。今度、今堀さんが帰って来るのは、講武所の連中を中心に、その遊撃隊とやらいうものをこしらえる仕度をするつもりらしいぜ」

「結構だが……」

八郎は、目をとじて、口をつぐんだ。

そんなことよりも、先ず、これからは幕府の閣僚たちが心を合せて事にあたるという気がまえになってくれぬことには、どうにもならないと思った。

去年、亡き将軍の供をして大坂へおもむいた老中・若年寄と、江戸に残留した老中たちとの間には、すさまじい権力争いがおこなわれている。

これほどにかたむきかけた幕政の権力をあらそうのである。

一つの事をまとめるにも、ああでもない、こうでもないと、下らぬ慣例を楯にとって、もめにもめぬくのだ。

こんなことで戦争ができるはずがないし、やったところで勝てようはずもない。

今度の長州征討隊も、諸藩の兵をあつめてやったものだが、どこの大名も厭々ながら幕府の命にしたがって出て行くのだ。

「帰りには、みやげをもって帰るぞ」

などと、諸藩の侍たちは家族に言いおいて出陣したという。

死ぬ気で戦うなどという気は、もうとうない。

(だからこそ、将軍おんみずから陣頭に立たれ、徳川生えぬきの旗本・御家人がこれをまもり、幕府の生死をかけて、長州討伐をおこなうべきだったのだ)

それが、八郎の痛感するところのものだ。

孝明天皇は、家茂の死をいたみ、加えて、徳川幕府に、

「一日も早く一橋慶喜をもって将軍位につかしめよ」

といわれている。

幕軍を追いはらった長州藩では、藩主・毛利大膳大夫(だいぜんだいぶ)が、朝廷にあて次のような嘆願書を、さしだした。

――毛利家においては、朝廷へ対したてまつり、何らの犯せる罪はない。かえって、幕府こそ違勅の罪を犯し、我藩が朝廷の御勘気をこうむったのも、幕府方の讒訴(ざんそ)によるものである――。

この嘆願書を朝廷に取次いだのは、薩摩藩であった。

しかも、嘆願書の写しを、長州と薩摩の二藩が、三十二藩の大名たちに廻附したらしい。

こんなことをされても、幕府は黙りこくって、叱(しか)りつけることも出来ない。

「本山。おれたちは、とんでもねえときに生れたもンだなあ」

他人事(ひとごと)のように、八郎はいったものである。

三

「それっ——もう一度、もう一度」

きびしい八郎の声が、道場の羽目にひびきわたった。

「ウム。ム、ム……」

道場の真中で、うなり声をあげつつ、九歳の猪作が振棒(ふりぼう)を持ちあげかけては、尻(しり)もちをついている。

まだ、夜は明けきっていない。

江戸へ帰って来てから、八郎は末弟の猪作ひとりを道場へ引出し、毎朝この時刻に、振棒をふらせている。

振棒と一口にいっても、いま、猪作がやっているのは、六尺の樫(かし)の棒に、びっしりと鉄輪・鉄条をはめこんだ七貫目もあるものであった。

八郎は、十五貫の振棒を五十回はふる。

すらりとした細身の八郎が、これを頭上にふりあげ、左右前後にふりおろしふりあ

げるのを見ていると、門弟たちは、

「わからん」

「あの軀で、若先生はよくも……」

息をつめて、驚嘆する。

こつというよりも、これは気力なのである。

猪作の気力を旺盛(おうせい)ならしめるため、先ず、八郎は、振棒からはじめることにした。

(おれのかわりに、伊庭の家をつぐものは、猪作よりほかにあるまい)

次弟の直の体質は、剣術に向かない。

同じ細身の軀でも、八郎のそれとはだいぶに違う。

直は、生れたときからの虚弱な体質であった。

門弟たちの中に、養父の軍平のような、すぐれた人材がいればともかく、

(さしあたって、道場をつがせるほどの者はいないな)

と、八郎は見きわめている。

師範代をつとめた杉沢伝七郎でさえ、あの程度のものなのだ。

「猪作。腕でふるのではない。もう一度、もう一度——」

兄の声に、猪作は何度も立ちあがって振棒にいどむ。

猪作は胸幅もひろく、あつく、九歳の少年にしては、ひどくたくましい。二年も前から道場へ出て来て、軍平の手ほどきをうけてもいるし、何よりも、この弟は剣術が好きらしい。

「今日からは、兄が教えてやろう」

大坂から戻った八郎がこういったときの、猪作のよろこびようは大変なものであった。

「ほんとですか、兄上――」

何度も聞き返した上、夜中になって、眠っている八郎の部屋の襖（ふすま）が、すーっと開き、もう一度、

「ほんとですね、兄上――」

念をおしたほどである。

汗みどろになった猪作が、浴室で水をあびるころには、あたりもあかるくなる。

熱心なものは、このころから道場へやって来る。

それにしても――。

杉沢伝七郎脱藩以来、松平阿波守家中のものは、いっせいに伊庭道場から姿を消した。

（これからは、松平様の庇護もうけられなくなるな）

と、八郎にもわかった。

それはかりではなく、当主の軍平や八郎までが、これからは幕臣としての役目にしたがって道場を留守にすることが多くなるというわけだから、諸大名との関係も遠のいてしまうことになろう。

それも、八郎は予知していた。

とりもなおさず、

（この時勢に、道場の一つや二つ……）

ということになるのだが、いまの八郎の胸には、大坂で軍平からいわれたことが沁みついてはなれない。

「伊庭の剣法をまもることは、伊庭の家をまもることである。家は世の基盤であり、いかなる時勢がこようとも、人は家をまもらねばならぬ」

と、八郎をさとした軍平の言葉に、

（おれには、やることが、もう一つあったのだな）

八郎は決意をした。

「兄が相手になることも、いつ中断するか……知れたものじゃアない。いまのうちに、しっかりやれ」

猪作をはげまし、日中の稽古にも、すすんで八郎は道場へあらわれた。

吉原も、小稲も忘れきったかのように見える。

つやも、いそいそと家事にはたらくし、八郎の身のまわりに心をつかう。

「ありがとうよ」

八郎も、また、前のようなこだわりを捨てきったかのようだ。

その朝も、弟たちや養母のたみと共に、つやの給仕で、なごやかな朝餉(あさげ)の膳についた。

たみの顔も、このごろは、はればれとしている。

開け放った障子の向うに、中庭の山茶花(さざんか)が白いさびしい花をつけていた。

空は雲ひとつなく澄みきっていて、

「もう、すぐ冬ですねえ」

たみが、ふかい空の色に見入り、箸(はし)をとめた。

大坂にいる夫の軍平のことを思いうかべているのでもあろうか。

食事をすまして、八郎が道場へ出て行くと、門弟の永井司(つかさ)というものが駈(か)け寄って来て、

「若先生。杉沢伝七郎殿が江戸へ戻っています」

と、告げた。

冬

一

杉沢伝七郎は、伊庭八郎が江戸へ戻ったことを、早くも知ったらしい。

(どうしても、おれの首が、ほしいというのか……)

大坂で、杉沢を見たのは、奥詰方の世話役をしている伴銀之助というものであった。

伴は、あまりすじがよくないけれども、感心に伊庭道場へ稽古にも来ていたし、むろん杉沢を知っている。

「道頓堀の四ツ橋から、四人ばかりで網舟を出しましてな。舟が出て、ひょいと向う岸を見ると、杉沢さんがいるじゃァありませんか。こっちを、じいっと見つめているんですよ。思わず、拙者もハッとして、見返したものです」

杉沢が八郎に叩きのめされた一件は、道場のものの誰一人として知らぬものはない。

伴銀之助が舟の中に腰をうかせて、杉沢伝七郎を見たとき、

「にゃっ、と不気味に笑いましてね、杉沢さんが――そのまま、すーっと人ごみの中へ消えて行きましたが、何かこう痩せこけて、眼ばかり白く光っていて、そりゃ、すごい顔つきをしていました」

と、伴は、ひそかに伊庭軍平へ告げたという。

(うらむのも無理はないところか……)

道場での稽古ではないのだ。

杉沢伝七郎は、松平家の代表選手として、八郎に試合をいどんだのである。

杉沢が勝てば、父の精太夫もよろこんだろうし、殿さまの松平阿波守にしても、

「ようやった。これで、八郎が伊庭の後つぎにふさわしくない男だということが、はっきりとしたわけである。軍平にもよくよく申しきかせ、今のうちに道場の後継者をきめておかねばなるまい」

道場のパトロンとしての、阿波守の発言は強い。

江戸の名流・伊庭道場の後継者が松平家中からえらばれることになれば、殿さま、鼻も高くなろう。

だが、杉沢は完膚なきまでに敗北した。

それのみか、馬鹿な松平家のものたちは、これを屋敷へかつぎこんでしまったのだ。

杉沢父子（おやこ）も恥をさらした。

松平阿波守も恥をうけたことになる。

――かならずや、八郎の首を……と書きのこして、杉沢伝七郎が脱藩したのも、杉沢としては居たたまれなくなった為（ため）でもあろうし、剣士として、ぜがひにも、八郎へ一矢（いっし）をむくいたいという執念にとりつかれたものに違いない。

杉沢が江戸へ戻ったのを見た永井司は、

「鍋（なべ）町の、よしのやという小料理屋で一杯のみ、馬（うま）ノ鞍（くら）横町へ出たとき、四軒屋敷の角から、ふらりと、杉沢殿が出て来たのです」

という。

「向うでは気がついたか？」

「いえ……すばやく、こっちで身をかくしまして、向うが通りすぎるのを見送ってきました」

「一人だったか……？」

「いえ。三人ほど、浪人体のを連れまして……」

「そうか。よし……さア、稽古だ、稽古だ」

八郎は、気にもとめなかった。

入れかわり立ちかわり出て来た門人たちを、問題にもせず、

「もっと来い。もっと気張って来ねえか‼」

燕のように道場を飛びまわっては、さんざんに叩きすえた。

「お前さんたちはねえ、面だの籠手だのをつけているから、ついついあまえた稽古になるンだ。明日からは何だなア、心形刀流の本筋でゆこうか。木刀で生身のまんま叩き合うのだ」

こんなことをいわれて、門人たちは目を白黒させたりした。

「まるで見違えるようだ」

「大坂から帰られてから、若先生、人が変ったな」

「それにしてもだ。あの細い軀で、よくもまあ、つづくものだ」

一同、目をみはるばかりであった。

江戸へ戻ってからの八郎の軀には、あまり異状はなかった。

それでも、夕方になると、何となく軀中が熱っぽい感じがする。

それを、八郎は我からわが軀に立ち向い、連日の稽古で病気をおさえつけようとしている。

長州征伐も、いよいよ休戦となったようだ。十五代将軍は、一橋公にきまり、これ

より公は徳川慶喜となって、多難な政局にのぞむことになった。

休戦といっても……。

将軍が長州に負けたのだ。

一大名の軍勢に、御公儀が敗北したのである。

そのまま、手も足も出ず、幕府は、薩摩藩が後押しをする長州軍の休戦申し出を相手のいうままにのんだのであった。

(これでは、御公儀の威風も何もあったものじゃねえ)

八郎は、落胆をしている。

行先の知れた命を将軍に差し出すつもりでいたのだが、これから先、果して、そのような死場所が得られるだろうか。

いまの八郎は、

「人の世のあるかぎり、人の生れ育つ家が、その基盤となる」

と、さとしてくれた養父・軍平の声に、すがりつくような思いであった。

だからこそ、道場へも出る。猪作への教導も欠かさない。

ぴりりとした空気が、道場にただよいはじめた。

「無心になれ。そうなれば勝つ。剣にも勝ち、おのれにも克つ」

これが伊庭の剣法である。

死を眼前にのぞむ八郎は、いざとなると、只(ただ)ひとすじの剣に没入することができた。

(死病のおかげというものか……)

剣の中に身も心も溶け、剣のおもむくままに軀がうごくのである。

二

「おれは、いつなんどき、また大坂へ行くようになるかも知れぬ」

八郎は、高弟の新井千代吉というものに、

「そうなったら、おぬし、道場をたのむよ」

といった。

新井は、免許の腕前だし、人柄もしっかりしている。

本所緑町に住んでいる三十俵の貧乏御家人で、役にもついてはいないが、三十三歳の今日まで剣術ひとすじに打ちこんできた男であった。

この新井を、或夜(あるよ)、八郎は〝鳥八十〟へよび出し、酒飯(しゅはん)を馳走(ちそう)して、じっくりと語りあった。

自分の病患については、少しも語らなかったが、

「実は、大坂で父上に、こんなことを……」

と、八郎は軍平の言葉をあますことなく新井へ聞かせると、

「左様でしたか……」

新井千代吉は、感動で双眸(ひとみ)をうるませ、

「荷が重すぎますが、一つ、懸命にやらせていただきましょう」

たのもしく、うけ合ってくれた。

もう、冬が来ていた。

鍋をつつきながら、

「猪作がことも、たのむよ」

「はっ――」

「もう少し、軀がかたまったら刃挽(はびき)で型を教えたいと思っている。だが、そのときまで……」

そのときまで、おれの軀がもつかどうか、といいかけて、八郎はあかるく微笑をした。

「ま、何にしろ、おぬしにたのんでおけば心丈夫だ」

「また、戦さがはじまりましょうかな?」

「はじまるか、はじまらねえか……新井。人間、先のことは少しもわからねえもンだよ」

「はあ……」

「今の世に、行先が見えているやつは、とてつもなく偉いやつさ。そんなやつは、日本国中に一人か二人だろう。だがねえ……」

「は?」

「おそらく、はじまるだろうよ」

「やはり、長州と?」

「何、長州一つならわけはねえ。げんに一昨年の禁門の戦さでは、帝(みかど)おわす御所にまで攻めかけて来た長州勢を、将軍の御威光で、見事に追いのけたもンだが……今は、そうもいかねえ。今度の長州征伐で、こっちの弱腰を諸国大名に見ぬかれてしまったものなあ」

新井は、うつ向いて、

「こうなると、お役につけぬのが、たまりません」

つぶやいた。

「何、いざとなりゃアみんな出て行かなくちゃアなるまいよ。なるほど、徳川幕府というものは権現様(ごんげんさま)(家康)が腕ずくで天下をとってこしらえ上げたもンだ。以来二百何十年、御公儀は諸大名をおさえつけ、その力を殺(そ)ぎ、しかも朝廷に対しては、とことんまでしめあげておいて、公卿(くげ)どものむすめが身売り同様に金持ちの町家へ、そっと嫁に行ったなぞということも、そりゃア、たしかにあった」

「いつでしたか……御公儀の御役人を、公卿どもがもてなしたとき、くされかかった魚を出したということですな」

「いまの朝廷には、こんな魚しか食べられぬということさ。あのときは、さすがに、御公儀もおどろいたらしい。翌年から朝廷の入費がふえたという」

「はあ」

「長州にしてもそうだ。むかし、関ケ原の戦さに、毛利家は石田方へ味方したため、領地七カ国を徳川に取りあげられ、防長二国におしこめられたもンだ。このうらみだよ。この、徳川に対するうらみが、やつらの尊王攘夷(じょうい)の旗じるしの底に、ふつふつと燃えあがっているンだ」

「しかし、いまの御公儀、むかしの……」

「そうさ。むかしのままじゃアいられねえよ。将軍がおんみずから帝の御機嫌をうかがいに、京くんだりまで出かけて行く時勢だものねえ」

八郎は、いつの間にか座敷へ入って来た板前の鎌吉にも気がつかぬようであった。

「どちらにせよ、天皇御一人では天下をおさめることはできねえ。勤王なんてことは物めずらしいことではないのだ。長州も勤王なら徳川も勤王さ。つまりは天下取りのあらそいなのさ」

「御公儀も、これだけゆずり合おうとしているのだ。なぜ、みんなが、力を合せて……」

「そこが、人のうらみというものよ」

にやりと、八郎が自分の顔をさして見せ、

「新井。こんな、つまらねえ首を斬りてえばっかり、一生を棒にふって、うらみを燃やしつづけているやつもいるんだ」

「杉沢伝七郎……」

「そうだ。長州や薩摩の旗じるしとちがい、杉沢のはな、武士の恥をそそぐという旗じるしさ」

「若先生。お気をつけなさい」

「ありがとう」

と、八郎は素直であった。

「鎌吉。お前も、いっぱいやれ」

知っていたらしい。

ふり向いて、八郎が声をかけると、鎌吉が、するするとそばへ来て、八郎の耳へ口をよせた。

「江戸へお帰りになってから、稲本へはおいでにならねえので?」

「ああ」

「小稲おいらんが、待ちかねていると、一文字屋でいっておりました」

「おれが帰ったのを知っているのか……」

「吉原でござンすよ、若先生」

「ちげえねえ」

その夜——。

新井千代吉と別れてから、駕籠をひろって、

「吉原へ——」

いいつけようとしたが、その気もちとは反対に、

「御徒町の伊庭へやってくれ」

声が先に出てしまっていた。

三

左手の入れぼくろを見つめていると、

（会いてえなあ……）

しみじみと思う。

何といっても、八郎は二十四歳である。

この年齢で〝死病〟をかかえている男が、道場では十何貫もある鉄棒をふって病気をはねつけているのであった。

やすらかに……。

何も彼も忘れて……。

小稲の、あたたかい乳房に顔をうめたいと思う。

かたぶとりの、小稲の胸や腹や腰の中へ、病菌と闘っている八郎の緊張しきった固い躯が抱きこまれると、

（おれの躯にも血が通ってくる……）

そんな気がしたものだ。

小稲の、ほそい頸すじが肩から腕のつけねへ流れてゆくと、そこには思いもかけぬ豊満な女がにおいたっている。

（いま、吉原へ行ったら、もういけねえ）

おぼれきってしまうことであろう。

「いかな時勢がこようとも、人は家に育つ。家をまもれ」

軍平の声が、忘れきれない。

小稲におぼれたとき、伊庭の屋敷は、ふたたび陰鬱な空気がよどみはじめるにちがいなかった。

父の軍平が不在ならばこそ、なおさらにである。

いまのつやの顔は、はればれとしている。

大坂で、父と八郎の間に、どんな語らいがあったか、それは、つやも知らぬし、八郎も語ってはいない。

だが、つやは、

（お兄さまも、お変りになったこと……）

八郎が屋敷に居ついていてくれることだけで、行手に、ほのかな希望を見出しているかのようであった。

（それも、困るンだが……）

つやを妻にするわけにはゆかなかった。

これが、健康な軀であれば、八郎もその気になっていたろう。

（おれは、十六のときから、……）

人並な人生をあきらめているのだ。

妹ともつかず、かといって一人の女とも見ず、

抱きしめてやりたいのは、この気もちなのである。

（いじらしいな……）

（おつやが、おれを想っていてくれる……）

ありがたいが、早いうちに、このことだけは、つやに言いわたしておかねばならぬことであった。

木枯が吹きまくっている或日の夕暮れに、ふいと、本山小太郎がたずねて来た。

「伊庭。おれたちも、だんぶくろをつけるンだとよ」

だんぶくろとは、ズボンのことだ。

幕府は親交のふかいフランスの軍制を、どしどし取りいれはじめてきている。

幕府旗下士の軍装を、ことごとく筒袖、陣羽織、股引（ズボン）に統一せしめようということになったらしい。

講武所も陸軍所とよばれることになり、近いうちに砲術の訓練が主体となるらしい。

「槍や刀では、戦さも出来ねえというわけか」

つやが仕度をしてくれた湯豆腐をつつきながら、本山小太郎は舌うちをくり返した。

「何しろ、先頃の長州征伐では、向うさまが、鉄砲も大砲も、すっかりイギリスじこみで、どかんどかんと、ひどく派手だったとよ」

八郎は、苦笑をもらし、

「どうも、イギリスは御公儀を見かぎったらしいねえ」

「くそったれめ!!」

本山は、口汚く、ののしった。

「さむらいから槍と刀をとったら、どうなるンだ」

「腰が、かるくなるさ」

「冗談じゃないぜ、伊庭」

「まあ、怒るな」

八郎は、手をたたいた。

「はい？」

すぐに、つやが顔を見せる。

「おつや。小太さんに熱いのをつけてやってくれ。今夜は思いきり、小太さんを酔わせてやるのさ」

「まあ……」

つやは、嬉しそうであった。

「おつやさん。早く、八郎と一緒に寝ちまいなさい」

と、本山はひどいことをいったものである。

つやは「あッ」といって駈け去ったきり、もう、あらわれなかった。

猪作が台所を行ったり来たりして酒をはこんで来た。

「こいつ、大きくなった」

と本山は、猪作を見て、びっくりした。

「本山。すぐにお前なぞ、お面一本、とられるぜ」

「冗談じゃアねえ」

憤激し、わめきちらし、大いに飲んで、本山小太郎が帰ったあと、八郎は机上に、父からの手紙をひろげて、何度も読み返した。

その夜は、女中が床をのべに来た。

軍平は、八郎の精進ぶりをよろこび、感謝している。

近いうちに、徳川慶喜の将軍宣下の式もあげられることになり、まずは、めでたい、と軍平は手紙に書いている。

そして……。

孝明天皇おわすかぎり、幕府と朝廷との間は将軍と天皇の親愛によって、いささかもくずれることはあるまい……とも、しるしてあった。

幕府が只ひとつたのみと思う、その孝明天皇が、突然、崩御されたのは、この月の二十五日であった。

春

一

世に〝公武合体〟という。

朝廷と幕府が、協力一致して国事にあたろうというものである。

また〝尊王攘夷〟という。

天皇の権威を絶対のものとし、合せて、日本における外国勢力を追いはらい、交際を断ち、国をとざすというものである。

前者は〝佐幕〟派の言い分であり、後者は〝勤王〟革命派の主張であった。

佐幕とは、幕府の政策をたすけるという意味だ。

したがって〝開港〟――すなわち、外国が望む交易に国をひらいて、国際的な舞台に乗り出してゆこうという幕府の政策も〝公武合体〟のうちにふくまれる。

「幕府も、いままでの幕府ではない。皇室をも尊び、諸大名とも折り合うて力を合せようとしておる。これでよいではないか」

と、孝明天皇は熱心にいわれている。

「悪しきをあらため、みなと共に進もうとしている幕府を、もっとよい幕府にしてやればよい。これは、ものを育てることじゃ。いまの我国には、外国に立ち向うだけの財力もなければ、武力もない。このような重大なるときにあたり、事々に相あらそうていて何になろう。育てよ。すべてのものを、よき方向へ向けて育てよ」

天皇も必死だったのである。

公武合体やら、尊王攘夷やらが、幕府や朝廷や諸国大名のうちに入りみだれ、渦を巻き、陰謀と暗殺と戦乱とが絶える間もない。

天皇と前将軍・家茂との間をしっかりとむすびつけた〝親愛〟の一線あってこそ、幕府の面目も、どうにか、たもたれてきていたのだ。

「弱り目にたたり目、というやつだな」

孝明天皇が亡くなられたときいて、伊庭八郎も、ふといためいきを何度も、もらした。

家茂亡きあとも、天皇は、家茂の後をおそって十五代将軍となった徳川（もと一橋）慶喜を信頼され、あくまでも御自身の信念を変えるようなことはなさらなかった。

その天皇が、もう、この世におられない。

……近畿の地も、にわかにあわただしく、そこもとも、当地へ戻らるること必定。くれぐれも御自愛、祈りあげ候。

大坂にある伊庭軍平も、八郎へ、そんな手紙をよこした。

年があけて、慶応三年正月——。

新帝の践祚があった。

すなわち、明治天皇である。

明治帝は孝明帝の皇太子であり、このとき、十六歳にすぎなかった。

明治天皇の英邁さは、後年になっての発揮があったもので、

「御年若な天子さまをいいようにあやつり、勤王派の公卿どもが、思うままに朝廷をひっかきまわすことだろう」

本山小太郎が心配したのも無理はないところであったといえよう。

「天子さまの崩御は、只事じゃアねえというぜ」

と、本山は声をひそめ、

「毒殺だという評判だ」

「おれも耳にしたよ」

「長州や薩摩があやつる公卿どもが、そっと天子さまに……」

「うわさだ。きまったわけじゃアねえ」

「いや、やりかねねえよ、あいつらは……何しろ口では勤王勤王といいながら、天皇おわす御所へ火をかけるのだからね。きっと、あいつらが……」

「本山。いくら怒っても駄目さ。万が一、おぬしのいう通りだとしても、やつらは決して尻尾（しっぽ）をつかませやしねえし……それに、うわさだけをきいて、眼の色を変えるのも、よくねえことだ」

八郎は、きびしく、本山をたしなめてやった。

遊撃隊の編成も、ととのったようである。

〝遊撃隊頭〟として、三千石の旗本・渡辺孝綱が任命された。

〝頭並〟として、今堀登代太郎が任ぜられ、隊は五つに分れ、一隊が千人という編成であった。

伊庭八郎、父・軍平も、この第二遊撃隊に入っている。

本山小太郎は第三遊撃隊だ。

歩兵隊は、連日のように、フランス武官の指揮のもとに、教練をさせられているらしい。

諸外国のうちでも、フランス・アメリカ・オランダなどは、親幕派といってよかろう。ただし、アメリカは自国の戦乱（南北戦争）が終ったばかりなので、日本に目を向けているひまはないらしい。

これに反して、イギリスでは、薩摩長州の両藩の勤王革命に賭けている。

何でも、薩摩藩では、ひそかに、イギリスから長州へ新鋭兵器を売らせるため、いろいろと斡旋をしてやっているようだ。

「けしからぬ」

と、これを耳にした幕府側が激怒するほど、大っぴらにやっているのである。

薩摩藩・島津家七十七万石の殿様は島津忠義だが、藩のうごきを一手につかみ活動をしているのは、西郷吉之助・大久保一蔵などという身分のひくい家柄から成り上った家臣たちであった。

西郷だの大久保は、何事も自分たちの胸三寸で、てきぱきと藩政を処理してゆく。

老中だの若年寄だのという閣僚が何人もいて、ああでもない、こうでもないと、一つのことをきめるのに半年も一年もかかるという幕府のやり方とは、まったく違う。

「いずれは、徳川も倒れるのだ」

とまるで幕府をなめてかかっている。

「畜生め」

本山なぞは口惜しがるのだが、

「追々は、こっちもそうならなくてはいけねえのだよ、本山。やつらのように、間髪を入れず事にのぞんで物事をさばいてゆくことが、いまの御公儀には、いちばん大切なことなんだが……」

八郎は、それがなかなか出来ない幕府政治の古くさい慣例や、閣僚同士の勢力あらそいに、舌うちをしていたものだ。

二

春が来た。

鏡のように張りつめていた冷めたい空の青さが、おもたげに、色の冴(さ)えを失い、かえって陽光は日毎(ひごと)にかがやきはじめた。

ある日の昼下りであった。

道場へ出ていた伊庭八郎に、深川・亀久橋(かめひさばし)にある船宿〝みのや〟の若い者が、手紙をとどけてきた。

見ると〝鳥八十〟の板前・鎌吉からである。

鎌吉、感心に読み書きができる。

何でも鎌吉は、南伝馬町（みなみでんまちょう）の蠟燭（ろうそく）問屋の一人息子にうまれて、家がつぶれるまでは、大店（おおだな）の坊っちゃんで育ったものらしい。

字も、うまい。

手紙には……。

——至急の用ができたので、まげて、深川までおこし願いたい。万事お目にかかってから……と、いうものであった。

（勝手なやつだな）

思いながらも、

「鎌吉は、もう来ているのか？」

八郎は使いの者にきいた。

「へえ、へえ……」

「すぐに来てくれというんだな」

「へい。御門前に駕籠（かご）を待たせてありやす」

「よし、待て」

何か知らぬが、こういうまねをするからには、よくよくのことがあってなのだろう
と、八郎も考えた。

こまかい柄の薩摩絣（さつまがすり）に茶の帯をしめ、わざと着流しのまま、

「待たせたな」

八郎は、道場の竹刀（しない）の音を背にききながら〝みのや〟の若い者と共に、門の外へ出た。

出たと思ったら、いきなり八郎が、若い者の顔を穴があくほどに見つめた。

「………?」

船宿の若い者は、へどもどしている。

切長だが二重まぶたの八郎の双眸（りょうめ）に見つめられると、相手は自分の眼の光というものを、ことごとく、八郎の眼の中へ吸いとられてしまう。

剣法にすぐれたものの、眼はこわい。

見る間に、若い者の顔から血の気がひいた。

「そうか……」

つぶやくと、八郎は、にっこりした。

笑うと、右頰に浅い笑くぼがうまれた。

「よし。行け」

するっ、と、八郎が駕籠へ入った。

若い者は、ちょっと茫然としていたようだが、

「急いでくんねえ」

夢からさめたように駕籠かきへ声をかけた。

駕籠が走り出した。

和泉橋通りを南へ——和泉橋をわたり、神田川の土手の下を駕籠は進んだ。

細川長門守の屋敷の塀に沿って右へまがると、そのあたりは代地で、草原が、ずっとつづいている。

深川への近道をするに、ここを通るのは、少しも不思議ではなかった。

日中でも、このあたりは空地が多く、家もまばらであった。

「はっ、ほう、はっ、ほう……」

駕籠かきの声にまじって、後方から走って来る者の足音を、八郎は聞いた。

(来たな……)

さっき、屋敷の門を出たとき、向いの加藤平内屋敷の塀の蔭へ、さっと隠れた人影

を、八郎は見のがしてはいない。

(こいつ、刺客の手先か……?)

と、迎えの若い者を凝視してみたが、

(違う)

まぎれもなく船宿のものだと、八郎は感じている。

来たな……と、思った瞬間である。

うしろから駈(か)けて来た一人の浪人風の男が、あっという間もなく駕籠に沿って走りながら、

「えい!!」

つかんでいた手槍(てやり)を、いきなり、駕籠の中へ突きこんだものである。

「ひゃあっ……」

船宿の若い者も、駕籠かきも、悲鳴をあげた。

だだっ、と、土けむりをあげて、八郎の乗った駕籠が放り出されるように土へ落ちて、

「あーっ……」

三人とも、代地の草の中へ、のめりこむように逃げた。

槍は、駕籠のたれに突き刺さったままである。

槍を突き入れた手をはなし、その浪人者は、ぱっと二間ほど飛びさがり大刀の柄（つか）に手をかけた。

駕籠も槍も、うごかない。

そのうちに、浪人の躯（からだ）が、じりじりとうごきはじめた。

まだ三十には間もあろうという若さで、紬（つむぎ）の着物も袴（はかま）も、それほど見すぼらしくはない浪人であったが、もう、顔の色がまっ青になっていた。

駕籠の左側から、右側へ、浪人が位置を移して、

「むむ!!」

うめくような気合と共に、抜きはなった一刀を、またも駕籠の中へ突き入れた浪人の躯が、まるで、はじき飛ばされたように転倒した。

「わあっ……」

悲鳴である。

浪人の刃（やいば）をくぐりつつ駕籠をぬけた八郎は、つかんでいた槍のけら首を放し、浪人に体当りをくわせると共に、脇差（わきざし）を抜打ちに、浪人の右頬からあごにかけて、ざっくりと割りつけていた。

「杉沢伝七郎にたのまれたか——」

のたうちまわりつつ、必死に逃げようとしている浪人へ、

「どちらでもいいが……お前さん、腕はたつねえ」

「む、むむ……く、くそ……」

「杉沢は、お前をかわりにたてて、おれをためして見たのだろうが……おい、杉沢に
いっておけ。無駄だとな……」

よろめき、逃げ去る浪人を見返りもせず、

「駕籠屋、出て来てくれ」

八郎は声をかけた。

そのあたりの物蔭にかくれて、杉沢伝七郎の眼が、おそらくは自分を見つめている
だろうと思いながら……。

三

船宿〝みのや〟の中二階の一室——。

その部屋の障子に陽炎(かげろう)がゆれていた。

部屋へ入って、八郎は目をみはった。

「小稲か……」

「あい……」

どう見ても、商家の女房であった。

髪を丸髷(まるまげ)にゆいあげ、品のよい縞(しま)の着物に黒っぽい帯をしめている小稲なのである。

「おどろいたな」

「ごめんなさいまし」

「鎌吉は？」

「帰りました」

廓(くるわ)でも、小稲は八郎には、いわゆる廓言葉という花魁(おいらん)独特の言葉づかいをしない。

「眉(まゆ)までおとしてきたンでございますよ」

「さすがは、稲本の小稲だ。ずいぶんと、わがままがきくもンだねえ」

こんな扮装(なり)で、日中に深川の船宿まで来て、男を呼び出すということができるのも、稲本の主人の信頼が大きいからなのであろう。

「無沙汰(ぶさた)をしているが、このごろは、あまり金がねえのでね」

と、八郎はいいわけをした。

小稲は、何もいわなかった。

眼が、うるんでいる。

頸すじから喉へ……そして胸もとまで、見る間に小稲の軀へ血がのぼってきた。

「ちっとも、変らねえなあ」

「伊庭さんも……」

と、いうだけが精いっぱいの小稲だ。

酒がきた。

あとは、何も来ない。だれも来ない。

酌をしてやる八郎の手をおしのけ、小稲は、八郎の左手をひきよせ、見入った。

「入れぼくろか……？」

「あい……」

「おかしなもンで、屋敷のものは誰ひとり、この入れぼくろに気がつかねえのだ」

「まあ……」

「早死をしたおれの実母なら、気がついたやも知れねえが……」

低く、八郎が笑ったとき、

「伊庭さん……」

身内にあふれてくるものに耐えきれなくなったのであろう。

小稲は、八郎の入れぼくろに歯をたてた。

三月二十六日——。

オランダへ留学中の幕臣・榎本釜次郎（えのもとかまじろう）が、足かけ六年ぶりで、江戸へ帰って来た。

榎本は、天保七年の生れというから八郎より七歳の年上である。

榎本釜次郎の父・園兵衛は数学・天文・暦法の学問に通じ、この血をひいた釜次郎もまた昌平黌（しょうへいこう）（幕府学問所）の秀才とうたわれ、早くも十九歳のときには、箱館（函館）奉行にしたがって樺太（からふと）探検に出かけたともいう。

外国勢力の滲透（しんとう）につれ、幕府は何度も留学生をオランダやフランスへ送った。

榎本釜次郎が六名の留学生と共に、オランダへわたり、船具・運用・砲術・機関学をまなぶことを命ぜられたのは文久二年のことだ。

幕臣中でも、これだけのえらばれたる者に対して、評判はたかい。

外国の先進文明に、六年もふれてきた男が帰朝したのである。

「何にしろ、いいみやげをもってきてくれたものだ」

と、八郎もよろこんだ。

みやげ、とは〝軍艦〟であった。

榎本たちが、オランダのアムステルダムやハーグの各地で、実習と勉学に熱中しているうちに、幕府は、オランダに対して、軍艦一隻の建造を依頼した。

この、ドルドレヒト造船所で建造された軍艦は〝開陽丸〟と名づけられ、木造螺旋推進式三本マストの蒸気軍艦である。

長二百四十フィート・幅三十九フィート、排水量二千八百十七トンで四百馬力の補助機がついている。

装砲二十六門をそなえ、定員四百余名。日本が外国に注文してつくらせた最初の軍艦であった。

榎本らは、この軍艦に乗って帰国したものだ。

「何でも、この軍艦さえあれば、幕府の海軍は大磐石だと、釜さんは気炎をあげているそうだ」

すぐに、本山小太郎がやって来て、八郎に告げた。

「けっこうだ。この大事のときに、よくも間に合ってくれたよ」

「陸軍は、おれたちでやるさ」

こんなことを言い合い、気持もあかるくなってきたところへ、江戸にある遊撃隊士に、大坂集結の命が下った。

前将軍と先天皇の死によって、長州征討は一時中止となっている。

だが戦雲は、いよいよ濃い。

「いよいよ来たか……」

八郎も、心おきなく、吉原へ出かけて小稲との別れも惜しんだし、貞源寺の了達和尚にも会った。

〝鳥八十〟の鎌吉とも、ゆっくり酒をくみかわした。

「道場のみなにも、よくたのんではあるが……これからは、お前が、伊庭の主となったつもりで剣をみがき、心をみがかねばならぬ。たのむぞ」

弟の猪作へ重い荷を背負わせておいて、伊庭八郎は、江戸を発った。

すでに、初夏であった。

蘇命湯

一

そのころ、江戸・日本橋の高札場に、次のような落首をはりつけたものがいる。

行末を思ひやらるる細袴、泪をはらふ袖だにもなし

細袴というのは、新たに、幕府が陸軍制服ときめた〝ズボン〟のことだ。袖だにもなし、というのは同じく制服の筒袖上着のことを諷したものだ。金のかかる格式をやめ、万事簡略をむねとするのはよいが、もう手おくれで、行末の見こみはない、と、幕府をあざけった落首なのである。

このことを、後から大坂についた遊撃隊士から聞き、

「……だということです」

八郎が軍平に話すと、

「だが、その落首、するどいな」

「父上……」

「そう思わぬか？」

「はあ……」

「先日、京から今堀登代太郎殿が見えられたときの話に、いよいよ、土佐の山内侯が、うごき出されたらしいという」

「土佐が……」

「うむ……大公儀の力のおとろえを、見きわめたからであろうと思う」

軍平は、暗然としていった。

かつては土佐藩二十四万二千石の領主だった山内豊信は、前々から徳川幕府へ協調するという態度をくずさなかった。

山内家は、初代・一豊のころから徳川の恩顧をうけ、五万石の武将から二十四万余石の大名に成り上った。

山内豊信は、十五代目の藩主だ。

豊信、号を容堂といい、豪快で風流な行状と、進歩的な性格を合せそなえ、世に名君とうたわれている。

いまの豊信は、家督を養子の豊範にゆずっているので、土佐藩の〝国父〟ということになる。

しかし、藩政の実権は、依然として豊信の手につかまれていた。

まず、長州藩・毛利家と薩摩藩・島津家とならぶ実力派の土佐藩であった。

土佐にも、勤王派の活動があり、長州や薩摩と、ひそかに手をむすんで幕府打倒を叫ぶこれらの過激な家来たちを、

「さわがしきやつらじゃ。なぜに、やつどもは事を急ぐのじゃ。われらは神でない。行先のことは、ゆっくりと見きわめてからでよいのだ」

と、豊信は押えた。

押えきれなくなった家来たちへは弾圧を加え、指導者の武市半平太(たけちはんぺいた)を切腹させてもいる。

「血にのぼせ、眼くらみて突進し、世の中をみだして何になる」

と、いうのだ。

殿様の豊信が強固に、幕府協調の線をくずさないので、土佐の勤王志士たちは次々に藩を脱走し、浪士となって活動するより仕方がなかった。

だから、幕府にとっても、現将軍・慶喜にとっても、山内豊信という大名へかけている信頼は大きい。

それはまた、薩長二藩の勤王派が、

「何としても、土佐をうごかし、こちら側へつけてしまわねばならぬ」

と、いうことにもなるのだ。

「近いうちに、山内侯は、京へのぼって来られるという」

伊庭軍平は、じっと八郎を見て、

「これは何のためか、おわかりかな?」

「江戸にいては、わかりませぬ」

「そのことだ」

軍平は、何度もうなずいた。

「江戸にいて御留守居をしておられる老中・若年寄をはじめ、えらい方々は、京・大坂のありさまがまったくわからぬ。それでいて、何をぐずぐずしているのだ、早く長州を攻めつけ、頭を下げさせてしまえとか、やり方が生ぬるいとか……まことに勝手なことばかりいってよこすそうな……」

ここまでいって、軍平は小者に酒を命じた。

相変らず、谷町の大仙寺が、伊庭父子の宿所であった。

客殿の二室を借りうけ、軍平と八郎と、小者二名が暮している。

開け放った庭先から、むせかえるような若葉の匂いが部屋の中へも流れこんできて、夜気も生あたたかい。

「うわさだが……」

と、軍平は好みの冷酒を一口のみ、

「八郎。酒は、やはりこちらがよいと思わぬか」

「はい」

「こちらの酒は冷にかぎる」

「父上。その、うわさとは？」

「うむ……山内侯の上洛はな、薩摩の島津侯、越前の松平侯、宇和島の伊達侯と共に京へあつまられ、将軍家をふくめての重大な会議がおこなわれるという……」

「薩摩も加わってでございますか？」

「そうじゃ」

「ふうむ……」

なるほど、只事ではないと、八郎も思った。

松平も伊達も、まずいまのところ幕府側の大名といってよいが、この会議に薩摩の島津が加わるというのは注目してよい。

いまの薩摩藩は、徳川将軍の威令も何もあったものではない。

大っぴらで、長州本国と連絡をとり、

「いくらでも手を貸すから、幕府と戦いなさい。もし負けても、そちらの悪いようには取りはからわぬ」

こういって武器や戦費のめんどうまで見てやっている。

前将軍と先天皇の死によって、幕府が征討軍を引きあげさせた今も、だから長州藩は、勇みたって戦備の充実に狂奔しているという。

「薩摩のすることじゃ、何をたくらむか知れたものではないが……まさかに、山内侯が手にのるようなことはあるまい」

といったすぐ後で、軍平は苦笑して、

「こんなことをいってはいるが……どうも剣術一つに何も彼もうちこんで生きて来た私のようなものの眼には、物事の底の底までは見えぬといってよいだろう。剣術つかいというものは、世事にうといものでなあ」

と、いった。

八郎は、これにこたえなかった。

「父上。今夜は、思いきって飲もうではありませぬか。明後日は、お別れでしょう」

「そうだ」

明後日は、軍平は京都づめを命ぜられ、大坂を発(た)つことになっている。

夜ふけまで、さしつ、さされつしているうちに、軍平は目をみはって、

「それは、何です？」

八郎の左手をとらえたものだ。

はっとした。

少し酔いもまわっていた。このごろは軀(からだ)の調子もよく、一年前の伏見稲荷(いなり)での喀血(かっけつ)が嘘(うそ)のように思われ、酒の量もふえていた八郎なのである。

油断をしていた。

何かの拍子に、左手の〝入れぼくろ〟を軍平に見つけられてしまったのだ。

「父上……」

笑って、軍平の手をふり放そうとしたが、ひどい力で、軍平は八郎の左手首をにぎりしめていた。

どうも、困った。

仕方なく顔をそむけたままでいると、軍平が、しばらくして、しずかにいった。

「おつやには、私から、よく手紙に書いてやりましょう」

二

小稲は、大坂の八郎にあてて、一通の手紙もよこしたことはない。

よこしてもかまわないといってあるのだが、よこさないのである。

八郎も書かない。

けれども〝鳥八十〟の鎌吉の親類が、吉原の引手茶屋をしている。

八郎が行きつけの〝一文字屋〟の一軒おいたとなりの〝梶田(かじた)や〟というのがそれだ。

それでなくとも、独身の鎌吉なのだから、吉原は自分の家のようなものであった。

いい給金もとっているし、鳥八十の板前として夜遊びのひまはないように見えていて、

「お前も、よくつづくもンだなあ」

八郎をあきれさせたものだ。

こういうわけで、鎌吉は、まめに手紙をくれ、江戸の様子を知らせてくる。

米の値段が鰻上りになって、江戸の町民たちも、がやがやしているらしい。

〝鳥八十〟も不景気ですが、吉原もさっぱりのようで……。

と、鎌吉は手紙に書いてきた。

(当り前だ)

そう思いはしても、むかむかしてきた。

(将軍はお前さんたちと仲よくやってゆこうといっているンだ。それなのに、なぜ喧嘩を売るンだえ)

お前さんたちとは、長州・薩摩のことである。

これが、両藩の殿さまを相手にしているのなら、もっと話はうまくすすむことであろう。

だが、両藩ともに殿さまの力は、ごくうすいものになってしまっている。

長州では、桂小五郎だの高杉晋作だのという利け者の家来たちが中心となり、殿さまや、保守派の重臣たちのいうことなぞ、聞こうともしない。殿さまが彼らにひきずられているのだ、と、幕府側は見ている。

また、彼らの力が馬鹿にならない。

やたらに何とか隊というものをこしらえ、町人でも百姓でも幕府をやっつけたいと思う者は、どしどし入れ、刀や鉄砲もやろう、うまく天下がこっちのものになったら立身出世はのぞみ次第というものだから、少し力のあるものとか学問のあるものは、みんな参加する。

こういう連中をあつめて兵士にした隊が、十も二十もあるというのだ。

これに加えて、天下の勤王浪人たちは、みな長州へ逃げこみ、これがまた隊をつくり、気勢をあげる。

土佐藩の浪士たちなぞも、南国隊というものをこしらえ、かなりの人数が長州軍の傘下（さんか）に入っているらしい。

こうした戦力が、ひとかたまりになって、幕府の征討軍を叩（たた）きつけてしまったのである。

薩摩藩にしてもそうだ。

殿さまの島津忠義も、国父の島津久光も、家来の大久保一蔵・小松帯刀（こまつたてわき）・西郷吉之助なぞという煮ても焼いても食えぬような若い策謀家にすべてをまかせている。

これらのエネルギイのすさまじさは、革命のそれであった。

理屈も話し合いもあったものではない。

何よりも、ひそかに、そして速く、猛然と果敢に、次から次へと彼らは、手をうってくる。

それなのに、将軍は京の地を去ることができない。

将軍が江戸へ帰ったら、天皇おわす京都で、どんなことがもちあがるか、知れたものではないのである。

（いいかげんにしたらどうだ!!）

何度舌うちをくり返しても、伊庭八郎一人で、どうなるものではなかった。

日本国内が戦乱つづきで、支配階級の将軍や大名がいくらでも金がほしいというときだ。

米の値段が上るのも無理はない。

せまい島国で、米というものが国の経済の基盤（もと）になっているのである。

三年前からくらべて、米相場は七倍から九倍に、はね上っている。

しかも、不作つづきであった。

諸国の農民たちが、さわぎはじめるのも仕方のないことだが、

「米を出せ!!」

「人を出せ!!」

と、どの大名も血眼になっている。

たまりかねて〝世直し一揆〟というものが、諸方に頻発した。

大坂城は、いまのところ長州征討本営ということになっているのだが、この大坂のまわりの土地で、農民たちは、いっせいに暴動をおこし、名主や商人の家を襲撃しはじめた。

幕府では、大坂周辺の大名たちに出兵を命じて、これを鎮圧させようとしているが、激怒した農民のうごきは簡単に押えきれなくなってきている。

三

鎌吉の手紙が、小稲の病気を知らせてきた。

(どういうわけなんだ……?)

われにもなく、八郎は胸がさわいだ。

鎌吉のことだから入念に書いてきている。

風邪をこじらしたのだそうな――。

〝稲本楼〟でも、小稲は大切な女だ。

すぐに、つとめをやすませ、橋場の稲本の寮へうつして養生をさせているという。

心配にはおよびません……と、鎌吉はいってきたが、

（いかぬな……）

気がかりであった。

こちらへ来る前に、深川の船宿で抱いた小稲の肢体を、八郎は思いうかべてみた。

（小稲のからだは、あたたかかった……）

汗ばんだ肌の下に、血のいろが、みなぎっていたではないか。

小稲の発病を知った翌日――。

八郎は京都詰めを命ぜられた。

本山小太郎ほか十七名と共にである。

遊撃隊は戦時の編成ということで、いまの八郎は一応、奥詰方になっている。

それでいて、遊撃隊員の剣術教授方でもあるし、稽古は欠かさなかった。

一行十八名は、淀川を夜船で上り、伏見から京へ入った。

昨日から雨が降っていて、どうも軀中が熱っぽかったが、

「所用で、ちょいと出てくる」

軍平が宿所にしている二条城と濠をへだてた西側の定番組屋敷・鈴木重兵衛方へ旅装をとくや、

「すぐに帰るから、父上には何も申しあげずともいいぞ」

小者の良助にいいおいて、八郎は雨の中を飛び出した。

（小稲。無理をしては、いけねえじゃアねえか）

胸の中で、何度も八郎は江戸の小稲によびかけていた。

労咳（ろうがい）（肺患）という病気が、遊女や娼婦（しょうふ）に多いことを、八郎は、よく知っている。

（小稲のような軀つきの女でも油断はならねえ）

と思う。

八郎自身が、この病気のおそろしさを身にしみて知っているからだ。

夜、床について、とろとろしたかと思うと、急に目ざめることがある。

そんなときの八郎の軀は気味の悪い寝汗にぬれていて、しかも、かけているふとん、、、の重さというものが、

（まるで、ふとんが水びたしになって、おれを包んでいやアがる）

たまらなく重苦しい。

（また血を吐くのじゃアねえかな……）

怖い。

この恐怖を、翌朝の剣術の稽古で押えつけ、はね飛ばしてしまうまでの苦しさとい

うものは言語に絶するものがあった。

（油断はいけねえ、油断は……）

久しぶりで見る京の町だが、八郎は、もう夢中になって道を急いだ。

烏丸(からすま)三条上ルところに〝松山青竜軒〟という薬種調合処(どころ)がある。

ここで〝蘇命湯(そめいとう)〟という薬を調合してくれる。

これが、実によく効く。

文久三年の上洛の折、評判をきいて、ひそかに入手し、誰にも知られぬよう煎(せん)じてこころみたことがあった。

四年前の、八郎二十一歳のときであったし、毎夜の発熱をもてあまし気味でいたところへ、これをのんでみたら、すーっと軽快になったことがある。

いまは、もう絶対に薬をたよらなくなっている八郎なのだが、

（あれなら効く）

大坂を発つときに思いたち、矢も楯(たて)もなく駈(か)けつけたものであった。

薬草くさい店先で、調合のすむのを待っている八郎に、

「もう梅雨でござりますなあ」

番頭らしいのが、うすぐらい店の中から、灰色の空を見上げるようにしていう。

「まさか……まだ早いだろうよ」

「どなたはんが、お悪いので？」

「何、女房が風邪をひいてね」

「さようでござりますか。蘇命湯は、よく効きますでござります」

薬をうけとり、定番組屋敷へ戻ると、軍平は、まだ御城から下っていなかった。

薬の煎じ方をくわしく手紙にしたため、八郎は薬と共に、至急、江戸へ送るよう、小者にいいつけた。

薬の宛先（あてさき）は鎌吉だが、中の手紙は小稲にあてたものである。

直接に小稲へ送ることは、相手が吉原の女だけに、はばかられることであった。また、はばかるのが客でもあり恋人でもある男としての礼儀でもあった。

薬を送り出して、八郎は、がっくりとした。

（ばかに疲れた）

部屋に灯が入るまで、寝そべっていた。

しかし、何となく安らかな気持で、

（おれも、やはり本気でいたのかなあ……）

いつまでも、小稲のおもかげを追っていた。

守り襦袢（じゅばん）

一

二た月ほどして、江戸の鎌吉から小さな荷物がとどいた。

ひらいて見ると、麻の肌着が一枚入っていた。

だが、只（ただ）の肌着ではない。

一眼見て、

（小稲か……）

すぐに、八郎は、それと知った。

麻を二枚重ねにしてぬいあげた筒袖（つつそで）の肌襦袢の麻と麻の間に、びっしりと古銭がぬいつけられてある。

そのころ、江戸の遊里には、古銭の穴に三味線の糸を通し、これを腰まわりにむすびつけて〝御守〟にするというのが、一時は大いに流行をしたものだ。遊女たちもこれをやるし、芸者や幇間(ほうかん)にまでおよんだ。

小稲は、別に古銭の御守を身につけていたわけではない。

「つまらないことをするものですねえ」

苦笑をしていたほどである。

それなのに、手ぬいの肌着へ古銭をつけ、八郎へ送ってきたのは、

「いまの私には、こうでもするよりほかに、伊庭さんへつくす気もちが通りません」

という小稲の声が、きこえるようであった。

八郎が送ってやった薬湯をうけとり、小稲は、よほどに感動したものであろう。

養生先の橋場の寮で、三百枚におよぶ〝寛永通宝〟の穴へ針を通し、縫いつけている小稲の姿が目にうかぶようだ。

(つまらねえことをしたものだ。根(こん)をつめて、こんなことをして病気が重(おも)ったらどうなるンだ)

それにしても、こういうものを送ってきた小稲の真意には、なみなみならぬものがあるようであった。

この襦袢を着てみると、古銭の重味が、ずっしりと肌にこたえる。

腕のつけね、胸、腹、背中の急所急所に、きびしく古銭がぬいつけられ、まるで戦

闘用の鎖襦袢を着こんだように感じられた。

（ふむ……）

八郎は、うなった。

小稲ほどの遊女になると、相手をする客もかぎられているかわり、商人にしても侍にしても、思いもかけぬ〝上流〟がいるといってよい。

したがって、時勢のうごきにも小稲の耳は、考えおよばぬところで敏感にはたらいているのかも知れなかった。

（小稲は、こちらで戦さが始まると思っているのか……）

小稲の手紙は、例によってなかった。

しかし、鎌吉からの手紙がそえられていないのが、八郎を不安にさせた。

（病気が重くなったのではないか……）

労咳（ろうがい）は他人にうつるという。

小稲を抱きながら、それを気にしたこともある八郎だけに、

（何とか、鎌吉もたよりをくれりゃアいいに……）

めずらしく、いらいらして、落ちつかなかった。

襦袢は、ひそかに、八郎の行李（こうり）の底におさめられた。

京都では、依然として政局の雲ゆきが怪しかった。

すでに、島津・松平・山内・伊達の四侯と将軍との会議は終っている。

この会議に上洛（じょうらく）した島津久光は、薩摩藩のイギリス式編成による歩兵・砲兵部隊をひきい、堂々と京都へ乗りこんで来たものだ。

（薩摩の威力を見よ!!）

という、デモンストレエションである。

こうして、薩摩藩は、会議の主導権をつかみとろうとした。

会議の内容は、次の二点にしぼられた。
一、兵庫（神戸）の港を外国との貿易にひらくこと。
一、長州藩の処分について。
前者は、かねてから諸外国の圧迫をうけて一日も早く解決しなくてはならぬことである。

後者は、幕府という日本の統治政権に刃向ったものへの処分ということである。

ところが、薩摩藩は、

「長州藩の官位はすべて元通りにしておくこと。また、三都（京・大坂・江戸）の藩邸も返してやり、その領地は少しもけずりとってはならぬ」

と主張した。

それを条件に、長州藩と仲直りをしたらよろしい、と、将軍へ向って進言したわけだ。

これでは、

「そちら側のいう通りにするから、どうぞ機嫌を直してくれ」

といっているようなものである。

「いかに、大公儀の力おとろえたりといえども、これをいれては大変なことになろう」

伊庭軍平がいうと、

「将軍（だんな）も、今度は、ひどい意気ごみになられたそうです。むざむざと退（ひ）けはおとりになりますまい」

八郎が答えた。

「また、それを百も承知の上で、薩摩の奴（やつ）らは無理難題を押しつけてくるのですよ。ここのところを考えぬといけませんねえ」

「うむ……」

この会議の最中、将軍・慶喜は二貫目も体重が減じたという。

朝廷も、幕府びいきの孝明天皇が亡くなられてからというものは、勤王派の公卿たちの活動が激烈となった。

慶喜は何としても、いい分を通し、兵庫開港と長州処罰の勅許を得ようとして懸命になった。

勅許といっても、天皇は、わずか十六歳にすぎない。公卿たちの勢力争いによって、これがきまるわけであった。

慶喜は、ようやく兵庫開港の一点だけを獲得することが出来たが、長州処罰の件は、うやむやになってしまったのである。

もめにもめた会議であったが、辛うじて、幕府の体面をたもつことができたというべきであろう。

この会議の最中に、薩摩藩の強引な駈引にあきれた山内豊信は、

「これでは話にも何もならぬ。薩摩とは肚をわって話ができぬ」

歯痛を理由に、土佐へ帰国してしまったほどだ。

「これから何がおこるか知れたものではありますまい。先ず今年一杯が山、というと

ころでしょう」

と、八郎は軍平に、

「父上。長州と薩摩と土佐は、もう手をむすんでおりますよ」

うすく笑った。

「しかし、土佐藩は、豊信侯あるかぎり……」

「いまの大名の家は、殿さま一人の手で押えて行けるものじゃアありません。豊信侯なぞ、そっちのけにしておいて、家来どもが勝手に手をにぎり合ってしまうのですよ」

二

慶応三年の秋が来た。

八月十三日の午後に、伊庭八郎は、宿所の定番組屋敷を出た。

旧暦のこの日は、現代の九月下旬にあたる。

陽ざしはつよく、山々にかこまれた京の町はまだ暑いのだが、何といっても空の色が違ってきている。

ふかく澄みわたった青い空に真綿をひきのばしたような巻雲が尾をひいていた。

(古歌に、雲のたて霞のぬきにおりはえて、花は錦の名にぞ立ちけり……というのがあったっけなあ……こういう雲を、錦雲というのであろうか……)

八郎も、このごろは非番の日でも何かと忙がしく、躯をやすめることができなかった。

今日は、めずらしく朝から用がなく、

(久しぶりに町を歩いてくるか……)

ぶらりと、外出する気になった。

夏の暑さにも八郎の躯はもちこたえて、いまは食欲もさかんなのである。

「少し、ふとったようではないか」

軍平がいってくれたほどだ。

(いったい、おれの病気というのは、どういうものなのか……)

気にしないことにしてはいるが、どうも、ふしぎであった。

初夏のころは、しきりに発熱して、

「八郎は躯の工合でも悪いのではないか?」

軍平が小者の良助に訊いたそうだ。

いまは熱も出ない。

鎌吉からは、何のたよりもなかった。

したがって、小稲の病状もわからない。

そして、つやからも、ぷつんとたよりが絶えた。

軍平へは手紙もよこしているらしいが、八郎へは来ない。大坂にいたころは、必ず十日に一度は何かと江戸の様子を知らせてきたものである。

（父上が、おれのことを、おつやに知らせたものか……）

気性のつよいつやらしいと、八郎は思った。

入れぼくろを見て、小稲との仲が、それほどに深いものであったのか、と、軍平は思い至ったものらしい。

ほくろは、小稲の好きなようにさせたまでのことだ。好きな女ではあるが、どうしようもない。

死病をもった八郎は、無欲であった。

二十五歳という若さが、反って、八郎の煩悩を絶ち切ってくれたのだともいえる。

伊庭道場という名門の家に生れた絆も強いて絶ち切ってきた。

つやにも小稲にも、執着をのこさぬよう、八郎は心がけている。

小稲をしたう気持にかわりはないが、そこは遊女と客の一線をくずさぬ間柄だ。

(おれと小稲の間には、家というものがねえし、したがって子というものもねえのだ)

吉原・稲本楼の一室は、小稲にとっても八郎にとっても、他人の家なのである。

これでは、男女の恋情が育つ筈もなかった。

(これでいい)

秋の空にただよう雲のような自由の中で、八郎は来るべきものを待っている。

その日――。

八郎は駕籠で、南禅寺へ行った。

再々の上洛にも、この寺は見残していたものである。

南禅寺は、鎌倉のころ、亀山上皇の開創になるもので、東山の一峰・南禅寺山を背負い、宏大な寺域の東から西に諸堂宇がたちならんでいる。

総門から三門に至る松並木の参道、その草むらに昼の虫が鳴いていた。

方丈の壁画や、小堀遠州作とつたえられる〝虎の子渡し〟の庭園などを見て、八郎は、参道を引返した。

つめたい微風が松林を流れていた。

陽は、かたむきはじめていた。

八郎は、中門をくぐった。

中門の右手に〝拳竜の池〟という小さな池がある。

ひょいとそこへ眼をうつして、

「や……」

八郎が目をみはった。

こちらへ背を向けていた三人連れの侍が、これも腰をうかせて、

「あ……」

三人とも、顔の色が変った。

そのうちの一人は、ぱっと飛退って、

「むウ……」

低くうなり、早くも刀の柄に手がかかっている。

杉沢伝七郎であった。

三

「杉沢か……おれをつけてきたのか……」

それにしては変だ、と、八郎は池の畔（ほとり）に棒立ちとなっている二人を見やり、

「鈴木さんと依田さんじゃアないか。あんたたち、いったい、いつ京へ来たのだ」

鈴木豊次郎と依田雄太郎の二人は、ともに幕府御家人であり、講武所の師範役をつとめた高橋伊勢守の門人でもある。

泥舟（でいしゅう）・高橋伊勢守の槍術（そうじゅつ）は、当今ならぶものなしとうたわれたもので、鈴木も依田も、いえば八郎と同じ講武所仲間だ。

むろん、この二人は、杉沢伝七郎とも顔見知りの間柄である。

（まさか、この二人が杉沢と一緒に、おれの首をねらっているわけはあるまい）

八郎が見た通り、

「伊庭先生。御元気で何よりです」

「実は、五日ほど前に、京へつきまして……三条の宿が、杉沢さんと同じところで……」

二人は、口々に言って、ぱっぱっと眼と眼で、すばやく何か語り合った。

「伊庭先生――」

と、鈴木豊次郎が一歩進み出て、

「私どもは、先生と杉沢さんとの間に入るものではありません。失礼します」

鈴木も依田も、杉沢伝七郎が八郎をつけ狙(ねら)っていることを知っているらしい。しかし、自分たちは関係がないと、はっきりいっているのだ。

「よし。わかった」

八郎もうなずき、

「だが、おぬしたち、何しに、はるばる京へ出て来たンだ。おりゃ、何も聞いていないぞ」

「御返事は出来かねます」

鈴木が顔面蒼白(そうはく)となって、きっぱりといい返し、くるりと、杉沢伝七郎へふり向き、

「杉沢さん。男の約束だ。他言は困りますよ」

という。

「わかっている」

杉沢も、押しころしたように答えた。

「ごめん」

鈴木と依田は、一気に池にかかった小さな橋をわたり、あっという間に右手の松林の中へ駈け去ってしまった。

あとは、八郎と杉沢の二人きりであった。

夕焼けの南禅寺には人影もなかった。

「杉沢。おぬし、あの二人と、ここで何をしていたのだ？」

杉沢は答えない。

あの、でっぷりとした軀つきで顔の肉づきもゆたかだった杉沢伝七郎が、腹のへった狼(おおかみ)のように、とげとげしく痩(や)せていた。杉沢の服装はよかった。金に困っている様子はない。

「杉沢……」

「ぬけい!!」

「ぬいてもいいのか」

「うぬ……」

「駕籠の中へ、子分に手槍(てやり)を突きこませるようなことをしなくては、おれが斬(き)れねえのか、杉沢……」

杉沢は、いまにも抜打つばかりに身がまえつつ、じりじりと退って行く。

「言え、杉沢――いまの二人のことが気にかかるンだ。あいつら、お前と何を話していたのだ」

杉沢は白い眼をつりあげたまま、ついに、四間ほども八郎から離れたが、このとき、喉（のど）からしぼり出すような声でいった。

「い、いまに斬る、きっと斬る――」

身を返して、杉沢伝七郎は駈け去った。

（しつこいやつだ。ほんとに、おれは、いまに杉沢に斬られるかも知れねえな）

さすがに八郎も、杉沢の執念には、あきれはてたようである。


翌八月十四日の朝――。

将軍・慶喜の側用人（そばようにん）・原市之進が、二条の屋敷で、刺客に襲われ、首を斬られた。

斬ったものは、なんと、鈴木豊次郎と依田雄太郎の二人であった。

二人が、原を斬った理由は、趣意書によってあきらかである。次のごとくだ。

「我君（慶喜）を補弼（ほひつ）し、尊攘之盛挙（そんじょうのせいきょ）あらしめてこそ至当の儀なるに、一死を惜しみ、おのれの我利をむさぼり、苟安を旨とする件々少なからざる段（中略）共に天をいただかざるの賊臣なり。臣等、衆庶の憎む所の悪者は必ずこれを誅すの義にもとづき、今、身をもってこれに当り……」

原市之進は、将軍愛寵の侍臣である。

頭は切れるし、将軍を助けて縦横に暗躍していることは誰知らぬものはない。

「原がいて、そばからいろいろとつまらぬことをするので、上様の勤王も朝廷に通じないのだ」

「兵庫の港を毛唐人どもにわたしたのも、原めが仕業にちがいない」

それに、二人の師・高橋伊勢守の昇進を、原が、わきから口を出して将軍に思い止まらせたといううわさもある。

たまりかねて、鈴木と依田が京へ出て来たものらしい。

「なるほど、原殿には、とかくのうわさもあったが……」

伊庭軍平も、おどろきが静まってから、

「いまどき大公儀に、このような内輪もめが起きては、いよいよ薩長に乗ぜられることになろう。困ったものじゃ」

と、いった。

八郎は、昨日のことを黙っていた。こんなことになるのだと知っていたら、二人に手も足も出させるものではなかったのに……と、八郎は唇をかんだ。

鈴木も依田も、原を殺して逃げたが、板倉伊賀守邸の塀外で追手に斬倒されたという。

この一事を見てもわかるように、幕府政治の内訌(ないこう)は、はかり知れないものがある。

原を失った慶喜の悲歎(ひたん)は、非常なものであった。

それでなくとも、慶喜は内外の政局を何とか収拾しようとして、夜も眠れず、憔悴(しょうすい)している。

「上様も、すっかり、おやつれになられた……」

将軍外出に際して、側近く仕える軍平だけに、ためいきが思わずもれた。

そして、政局は急激に変った。

「いまや、将軍家みずから、政権を天皇にお返し申しあげるよりほかに、道はない」

土佐藩の老侯・山内豊信は、こう決意をしたものである。

賊軍

一

薩摩や長州を主体とした勤王革命派の、

「ぜひにも、徳川家を天皇に刃向う賊軍にしてしまい、これを打ち破ることによって、新しい時代を、政権を、生み出さねばならぬ」

と、この決意はゆるぎないものである。

古き政権の幻影は、いささかも残してはおけないというわけだ。

この背後には、イギリスの援助という味方がある。

しかも、幕府がたのみとしていた先帝・孝明天皇が崩御して、朝廷の勤王勢力は日毎に拡大するばかりであった。

親幕派の土佐の老侯・山内豊信が、

「いまのうちに将軍が政権を朝廷にお返し申しあぐれば、徳川家も、われらと同じ一大名として、新政府に奉公できる立場となろう」

と考えたのは、大義名分の通ったものだ。

勤王革命の戦争が起る前に、政権を返してしまうのだから、薩長といえども文句は出ない筈である。

このことについては、土佐藩の重臣・後藤象二郎や、例の坂本竜馬などの構想が、山内豊信に決意をかためさせたともいえよう。

ちなみに、土佐の志士・坂本竜馬は、新政府の構想を次のように記している。

関　白　三条実美

内大臣　徳川慶喜

議　奏　島津久光（薩摩）毛利敬親（長州）松平春嶽（越前）岩倉具視（その他三大名、二公卿）

参　議　西郷吉之助・小松帯刀・大久保一蔵（薩摩）桂小五郎（長州）後藤象二郎（土佐）その他六名。

「いまどき、この日本国内で、鉄砲を撃ち合い、血を流し合い、金をつこうて無駄なことをしとるときじゃない」

　これからの日本は世界の海へ乗り出してゆかねばならんのに、どいつもこいつも、つまらん見得や体裁や怨恨(うらみ)にとりつかれ、世界対日本という思案を忘れておるのはどうしたものか……と、あきれはて、なげきぬいていた先覚者・坂本竜馬の新政府内閣案というものを、おそらく山内豊信も、耳にしたことであろう。

「これならよい。徳川家にも傷がつかぬし、戦争もおこらずにすむ」

　早速に、運動を開始した。

　将軍・慶喜は聡明(そうめい)な人物である。

（薩摩のうごきが険悪とならぬうちに……）

　機会をのがしてはならぬという土佐藩の要請をいれて、

（よし!!）

　ついに、決意をした。

　慶応三年十月十三日――。

　将軍は、二条城に在京の諸藩有志をあつめた。

　薩摩・土佐・会津・紀伊をはじめ三十余藩の重役たちが二条城正殿へ参集した。

　将軍が座につくや、老中・板倉周防守(すおうのかみ)が、将軍に代って〝沙汰書(さたしょ)〟を読みあげた。

……政権を朝廷に帰し、ひろく天下の公儀をつくし聖断を仰ぎ、皇国を保護せば、かならずや海外万国とならびたつべく、我国につくすところ、これにすぎず……。

というものである。

将軍みずから、

「政権を皇室へお返ししたい」

と、天下に公表したわけであった。

二条城正殿が、蜂(はち)の巣を突ついたようになったのも無理はない。

この知らせが江戸へとどいたとき、城中にあった幕府要人たちは、虚脱のあまり、口がきけなかったという。

京都のさわぎが、およそどんなものであったか、ここにのべるまでもあるまい。

「二百何十年もつづきにつづいた大公儀が、このようにむざむざと……しかも上様おんみずからの手によって……」

当日は徹夜で城へ詰めきっていた伊庭軍平も、翌夜、城から下って来ると、食事の箸(はし)をとろうともしない。

「八郎……」

「はい」

「上様はな……後になって、土佐の後藤象二郎と、薩摩の小松帯刀をよばれ、両人とも、これで満足であろう、と、おおせられたそうじゃ」

「薩摩の家老に、でございますか？」

「左様」

「その上様の御言葉をきき、小松めは、どんな顔をいたしましたろう？」

「さすがに、おもてがあげられず、一言もなく平伏したままであったそうな……土佐の後藤は大いによろこび御礼言上を……」

「馬鹿（ばか）な――」

八郎は舌うちをして、箸を放り捨てた。

「将軍も、土佐も、お人がよすぎる」

「これ、八郎。口がすぎましょう」

「大政奉還（たいせいほうかん）、まことにいさぎよいということになり、それで万事がおさまりましょうか？」

「少なくとも戦さにはなるまい」

「馬鹿な――」

「八郎。上様は、おんみずから……」

「わかっております」

「こうなれば、われらも幕臣ではなく、徳川の家来ということになろうが……諸大名と共に天下をおたすけして公儀に加わること、当然であろう」

「そうはさせませぬ」

「何……」

「薩摩や長州が、そうはさせませぬ」

きっぱりといって、八郎は、

「父上も私も、これで、もう江戸へは帰れなくなりましたねえ」

二

徳川慶喜は、京の二条城を出て、大坂城へ移った。

これが十二月十二日である。

政権を返上したからには、麾下（きか）の幕軍を京の地へとどめておくわけにはゆかない。

伊庭八郎も慶喜に供奉（ぐぶ）し、諸隊と共に大坂へ移った。

これより先、十一月十五日の夜――。

土佐の志士・坂本竜馬・中岡慎太郎の二人が、京の寄宿先で暗殺された。

刺客は数人で、新選組とも見廻組ともいわれたが、どちらにしても幕府要人の指令
があったものと思われる。

なるほど、坂本の暗躍は、薩摩と長州両藩の同盟を実現させ、しかも〝大政奉還〟

という無血革命を見事に成功させた。

たとえ徳川慶喜が、この坂本の功労をよしと見ても、幕府側にとっては〝憎い奴(やつ)〟

に違いない。

坂本が、もし一年――いや半年の間だけでも生きていたら、維新の様相も、かなり
変っていたろうと思われる。

すごすごと京都を出て行く旧将軍や旧幕府と入れ違いに、今度は、堂々と長州藩が
軍列をつらねて入京した。

間髪を入れぬ勤王派の手口ではある。

そして早くも、幕府討伐の密勅まで取りつけていたものだ。

十六歳の新帝なのだから、勤王派公卿の策動で〝勅令〟などというものは、どうに
でもなる。

「このままでは、すみますまいよ」

伊庭八郎がいった通りになった。

「徳川慶喜は大坂城へこもり、京都攻撃の準備にとりかかった」

と、勤王派がさわぎ出した。

すでに、皇都は薩摩のものである。

長州のものである。

勤王革命派の根拠地である。

何をいわれても手が出せなくなった。

「徳川家は政権を返上しても、まだ領土は返しておらぬ。徳川の領土は、すべて朝廷へ返すべきである」

踏んだり蹴(け)ったりというところだ。

「薩長のすることは、こんなもンですよ、父上――」

八郎は、さびしげに笑って見せたが、

「むウ……」

うめいたきり、伊庭軍平は声もなかった。

軍平のうめきは、大坂にいる幕軍そのものの〝うめき〟であった。

「上様。このままに捨てておかれてはなりませぬ」

会津藩主・松平容保は烈火のようになり、慶喜へ言上した。

先帝の愛寵もふかく、

「容保ありてこそ、京の地の治安が保たれておるのじゃ」

亡き孝明天皇の信頼を一身にうけて、会津二十三万石のすべてを投げこみ〝守護職〟の重任を果してきただけに、容保の怒りは余人のはかり知れぬものもある。

「さすがに、山内侯も激怒され、帝おわす御前において薩長はじめ諸大名、公卿どもに向われ、二百七十年もの泰平をわが国にもたらした徳川幕府の功罪はともあれ、この大切なる朝議に、前将軍たる徳川慶喜をよばぬというわけは、いかがな次第か、うけたまわりたし……と、かように申されたそうでござります」

「むむ……」

慶喜も青ざめたまま、さすが口惜しげに唇を噛みしめた。このとき、慶喜の唇から血がしたたったという。

「上様——不肖、容保は、永らく京にあって、薩長のやりくちのおそろしさを、厭というほど身にこたえ知っておりまする。大政奉還という重大事を、なぜに、かくも早急に……」

責めても後悔しても追いつかない。

山内豊信一人の勇敢な発言も、こうなってくると、日和見（ひよりみ）主義の習慣が身についてしまった幕末期の諸藩主たちを味方にすることもできない。

むろん、慶喜は大坂から抗議を申しこんだ。

すると、

「申し分あらば、慶喜一人にて京へまいれ」

と、命じてきた。

後年になって、岩倉具視が「あのとき、もしも慶喜単身、京へ来（きた）らば、徳川を新政府に用うるつもりであった」などといっているが、無理、勝手ないい草である。口に勤王をとなえては幕府方が守る御所へ攻めかけてきたほどの長州藩と、そのときは幕府に味方して追いはらった薩摩藩が、京都で手をにぎり合い、思うままに朝廷を牛耳（ぎゅうじ）っているのである。

この命令を、さすがの慶喜もうけかねた。

「薩長二藩に申すことあり!!」

と、ついに、幕府軍は戦闘隊形をもって大坂を発し、京へ向った。

ときに、慶応四年一月二日である。

（小稲。どうやら、役に立ったよ）

あの、古銭を縫いつけた襦袢を行李の底からとり出し、八郎は身につけた。

この襦袢の上に、用意の紬筒袖の上着を着て、実戦用の籠手をつけた。

馬乗袴をはき紺の脚絆、わらじばきであった。

伊庭軍平は本式の具足姿で重々しかったが、八郎は四ツ目崩しの家紋を金箔でおした黒皮胴をつけたのみであった。

この上から、背中いっぱいに日の丸を浮かせた陣羽織をつけ、槍は持たない。

「わしは、上様おそばにおることとなった」

という軍平へ、

「父上。お別れですねえ」

八郎は、おだやかな声でいった。

八郎の双眸は生き生きと、光っていた。

三

幕府軍進発こそ、勤王軍の待っていたところのものである。

戦闘は、鳥羽伏見でおこなわれた。

幕軍——いや旧幕軍というべきであろうが、その総勢・二万四千名といわれる。このうちに、会津・桑名・紀州の藩兵や新選組部隊もふくまれていたことはいうをまたない。

これに反して戦闘に動員された勤王軍は、薩長二藩の兵を主力に、約四千とも五千ともいわれている。

いずれにせよ、幕軍は四、五倍の兵力をもって戦争にのぞんだ。

在京の諸藩は、京都御所の周辺をかためた。

どちらが勝っても負けても、天皇を守護するという名目なのだから、

「何としても勝たねばならぬ!!」

負ければ、もう取り返しがつかぬ薩摩・長州の二藩であった。

昭和三年に、旧京都聯隊区(れんたいく)将校団が調査発表した両軍装備の概要というものがある。

次のごとくだ。

幕軍は……歩兵は一兵一銃主義により編成せられあり、而(しこう)して剣術は〝遊撃隊〟にのみ、これを練習せしめたり。之(これ)に反し、薩長軍は、歩兵を主として、銃、刀併(あわ)せ装

備し、歩兵の訓練また新式を採用せしめしも、剣術は全員に練習せしめたり。

（当時の小銃）両軍に使用せられたるものの主なるもの左のごとし。

〝新式ミニエー銃〟　口径約十五　粍(ミリメートル)

〝オランダ式ゲブェール銃〟同十七粍五

尚(なお)、長州軍は数年前、ミニエー銃四千三百挺(ちょう)およびゲブェール銃三千挺を、薩摩藩の斡旋(あっせん)により購入あり。

官軍の兵器は、優良にして数量にまさり、旧幕軍をしのぐものありと想像せられる。

大砲の性能と数量において、幕軍は官軍に、はるかに及ばなかった。

一月三日午後四時――。

戦端は、上鳥羽と下鳥羽の間の大坂街道においてひらかれた。

京へ約三里、大坂へ九里の地点である。

ここには、薩摩軍の主力に対して、幕軍は滝川播磨守(はりまのかみ)ひきいる歩兵部隊が押し出していた。

両軍、刀槍(とうそう)をひらめかせて、まさに突撃せんとした。

　このとき、薩軍の砲兵陣地から轟然一発、第一弾が幕軍の先鋒へ叩きこまれた。

「わあッ……」

　悲鳴をあげたのは、何と隊長の滝川播磨である。

　滝川、顔面蒼白となって、

「あ、ああッ……」

　馬に鞭をくれ、一散に後方へ逃げてしまったものだ。

「天下の直参で馬にも乗れねえ奴どもがいるンだからな」

　と、いつか本山小太郎が嘆いたように、徳川のさむらいは二百何十年も戦争を忘れていた。

　たとえ十倍の兵力をもっていても、滝川播磨守のようなものがいたのでは、どうにもなるまい。

　むしろ諸藩の兵力の方がつよく、このときも、会津や桑名の藩兵が、もっともよく戦った。

　幕軍では、やはり〝遊撃隊〟であったといえよう。

　三日は、会津藩兵・新選組の奮戦も、薩軍の火砲に粉砕されつくした。

　勤王軍の戦死、約六十名に反し、幕軍は七百名に近い戦死者を出している。

はじめは、幕軍の兵力におそれをなして、

「いざともなれば帝を女装せしめ、山陰地方へ逃がしたてまつろう」

などといっていた公卿どもも、

「もう大丈夫じゃ」

四日、五日と勝ち進むにつれて、きょろきょろしていた眼ざしも、ようやく落ちついたようである。

戦闘の最中に、勤王軍は、突如として〝錦の御旗〟をかかげた。

日と月を金銀で刺繡した赤地錦の旗である。

この旗は、鎌倉時代から、天皇の軍隊が賊軍を討つときにかかげたものだ。

〝お前たちは、日本の国にとって、賊軍となったのだぞ〟

と、きめつけられたわけであった。

こんなところにも、薩長のねらいは細かく、しかも周到なもので、すでに去年の秋ごろから、朝廷のゆるしも得ずに勝手にこしらえ、京の薩摩藩邸にしまっておいたものである。

最後の激戦は、一月五日の千両松附近に発し、宇治川と桂川にはさまれた林と草原でおこなわれた。

伊庭八郎の第二遊撃隊は、会津藩・新選組と合同して、淀川堤を南下して来る長州軍と激突した。

(本山小太郎め、どこで戦っていやがるのかな……)

開戦以来、本山とは顔を合せていない。

一隊千人ときめられている遊撃隊なのだが、大坂にいて慶喜を守るものもあり、江戸にいるものもあり、戦闘がはじまると、諸方へ別れてしまい、

(なるほど、遊撃隊にちげえねえ)

八郎を苦笑させたものである。

その日——。

朝から霧がたちこめていた。

納所の陣地から、宇治川の堤に沿って北上した幕府軍は、

「来た!!」

霧の幕の中から、長州軍の槍の群が喊声と共に突貫して来るのを見て、

「突き破れ!!」

これも槍の穂先を下げ、いっせいに突込んだ。

まだ砲声はなかった。

剣と槍との闘いである。

霧を裂き、霧を割って、

「む!!」

肚(はら)の底からひびき出るような伊庭八郎の気合が発するたびに、長州兵の悲鳴と血が、ふりまかれた。

敵の槍と刃(やいば)の中を泳ぐようにして進む八郎の軀(からだ)に、

「賊め!!」

「おのれ!!」

飛びかかってくる長州兵の刀も槍も、いたずらに霧の幕を突き、斬(き)るばかりであった。

八郎の愛刀・備前国次が刃こぼれと血あぶらで、つかいものにならなくなったとき、敵軍の火砲が猛然と炸裂(さくれつ)しはじめた。

霧が、はれた。

昏迷

一

「伊庭。大丈夫か――」

うつらうつらしていると、突然、歯ぎれのよい声が落ちてきた。

「お……榎本さんでしたか」

「六年ぶりだな」

榎本釜次郎なのである。

髷はオランダ留学中に切り落していて、いわゆるザンギリ頭というやつだが、フランス海軍の提督服を着こみ、立派なひげまで生やしていた。

いま三十三歳の榎本は、幕府軍艦頭並・和泉守武揚ということで、堂々たるものであった。
六、七年前にときどき講武所へあらわれ、まだ十九かそこいらの伊庭八郎に酒の味

をおぼえさせたころの榎本のおもかげは、いかめしい風貌の底に、まだはっきりと残っていて、

「とんでもねえことになったな」

八郎には、伝法な口調をむき出しにして榎本は、

「将軍が逃げちまったのでは、どうにもならねえ」

いまいましげに舌うちをした。

大坂城・南外濠に向い合った〝定番与力組屋敷〟の一室であった。

組屋敷のすべてに、敗走してきた幕軍の負傷者が充満している。

重傷者のうめき声と、血とあぶらの臭いが、どの棟にも、どの部屋にもたちこめていた。

「伊庭。ひでえのかえ？　傷は？」

「何、大したことはありませんよ。六、七カ所というところです」

傷よりも疲労のほうが強かった。血は吐かぬが全身の力という力が消え果ててしまい、さすがの八郎も、ここへかつぎこまれてくると、欲も得もなく眠りこけたものだ。

「将軍は船で逃げられたンですってね」

「そうよ。何ともいまいましい。おれがな、開陽丸を出て、大坂の城へ入ってくるの

と入れ違いに、将軍は会津侯ほか五名をおつれになっただけで、誰にも知らさず、そっと天保山から舟を出し、兵庫の沖に碇泊しているおれの軍艦に乗り移られたそうな……話にも何もならねえじゃねえか」

榎本釜次郎は、足をふみならして口惜しがる。

「おれは、開陽丸の艦長なのだぜ。そいつをお前、副長の沢太郎左衛門め、将軍のいうなりに船を出し、昨夜、錨をぬいて江戸へ向ったとよ」

「こんなことは前代未聞ですねえ」

「大将が家来を置き捨てて逃げ出したのだ」

「将軍は頭が切れなさる。先のことが見えすぎるのでしょう」

「賊軍の汚名を着せられたからには、江戸へ帰って恭順し朝廷の沙汰を待とうといわれるのだ。朝廷の沙汰どころか、薩長の奴らが沙汰を下すのだよ、わかるかえ、八郎」

「はあ……」

「将軍は、おんみずから政権を帝にお返したてまつったのだ。このことを無視して、徳川の領土まで返せといやアがったのは薩長だぜ。馬鹿をいうにもほどがある」

「やつらも金がねえのでしょうよ」

「ちげえねえ。おれが軍艦をひきいて、こっちへ来る前にも、江戸じゃア大変なさわぎよ。江戸の薩摩屋敷ではな、浮浪のやからをひそかに集め、軍用金調達のため、江戸の町へ火をつけ、盗みまではたらきゃアがったのだ」

「こっちでも三田の薩摩屋敷を焼打ちにしたそうじゃありませんか」

「当り前だ」

榎本は、軍服の上から巻きつけた白縮緬の帯へぶちこんだ大刀の柄をたたいて、

「こっちには、まだ海軍てえものがあるのだ。現に正月三日の朝まだきよ。兵庫の港にいやがった薩摩藩の汽船が逃げ出しかけたので、こっちは思いきって大砲をあびせかけ、一隻、淡路沖で沈めてやった」

と、まだ意気盛んなもので、

「こっちには、開陽、富士山、蟠竜という軍艦三隻がひかえているンだ。陸軍が、この大坂城へたてこもって、海軍が海から砲撃すれば、薩長なんぞひとたまりもねえのだが……」

「しかしねえ……」

八郎は苦笑をした。

「伊庭。何が可笑しい」

「敵も、なかなかのもンです。銃も火砲も、おどろくほど、こっちをしのいでやがる」

「ふン……」

榎本は鼻で笑った。

「まあ、いい。江戸へ引上げてからだ」

「そうなりますねえ」

「将軍が逃げたのじゃア、大坂は敵にあずけるより仕方がねえわさ」

重傷者は、兵庫沖にいる軍艦二隻と汽船一隻にのせて、江戸へはこぶことになった。

「本山。すまねえが、おれは船で帰る」

八郎が、本山小太郎にわびると、本山は、

「当り前だ、そうしてくれろ。傷がもとで、お前さんに死なれては、おいらの気がぬけるよ」

本山は、八郎が重傷だと信じこんでいるらしい。

もっとも、傷も軽くはなかった。右の太股(ふともも)の傷が深い。

それにしても、あの〝守り襦袢(じゅばん)〟は思いのほかに、八郎の身を守ってくれた。

縫いつけた古銭の中には、いくつも敵の刃先をうけた痕(あと)が歴然としていた。

左の脇腹にうけた槍傷なぞは、あの襦袢を着ていなかったら、或は八郎の一命を奪っていたかも知れない。

かくて――。

大坂の幕軍は、海に陸に、撤退した。

大坂城は、慶喜が残しておいた命令によって、尾張・越前の藩主に一応は托された。

これを、官軍が受けとればよいのである。

「逃げてくれた」

薩摩も長州も、ほっとしたろう。

榎本のいう通り、幕軍が、この城へたてこもったら、鳥羽伏見の戦争のようにうまくはゆかない。

秀吉以来、難攻不落をうたわれた大坂城なのである。

したがって、

(釜さんが、くやしがるのも無理はないねえ)

八郎も、むろん残念であった。

榎本釜次郎は撤退に先立ち、城内の奥ぶかく入って、秘密書類・刀剣・什器などをあつめ、

「やつらにぶんどられてたまるか」

出来るかぎり運び出し軍艦へ送った。

大坂の川筋、道路は、天保山へ向う幕軍の将兵や荷物の往来で混雑をきわめた。

そこへ、大坂城・勘定奉行が、

「城にある古金十八万両は、どういたそうか？」

と、榎本へ相談をもちかけてきた。

榎本は目をみはって、

「どうもこうもござらぬ。私が引きうけましょう」

荷車五台につみこみ、騎馬の部下七名と共に、抜刀して人夫を急がせ叱(しか)りつつ、無事に〝富士山丸〟へ運びこんだ。

官軍は、二日後の一月十日に、大坂城を接収した。

二

伊庭父子(おやこ)は、江戸へ帰って来た。

御徒町(おかちまち)の屋敷は、しずまりかえっていた。

こうなっては、道場へ稽古（けいこ）にやって来るものもいない。

江戸城では、連日連夜、前将軍をかこみ、幕府閣僚の会議がひらかれているそうな。

戦うか、降伏するか、会議は騒然、紛糾して方針定まるどころではないらしい。

伊庭軍平は、ほとんど城中へ詰めきっているようであった。

八郎は終日、寝て暮した。

何日も何日も、こんこんと眠りつづけた。

傷も癒（なお）りきっていないので、軍平夫婦は、しきりに医者をよぼうとするが、

「来ても診せませんよ」

あかるく、八郎はことわり、

「これほどの傷の手当が、自分で出来ないようでは仕様がありません」

南伝馬町（みなみでんまちょう）の大坂屋という薬種問屋から薬をとりよせ、弟の猪作に手伝わせて、さっさと手当をしてしまう。

大坂屋は、オランダ渡りの薬種で有名な店だし、京都・二条の小西長兵衛というオランダ〝薬品司〟から薬を入れている。

傷の薬は、膏薬（こうやく）でなく、黄色の粉薬でギヤマンのびんにつめられている。傷口を焼酎（しょうちゅう）であらい、これをふりかけて包帯をするのである。

「べらぼうに高い薬だが、さすがに、よく効くねえ」

そばにいて猪作と共に手伝っているつやに話しかけても、つやは、ろくに返事もしない。

それでいて、八郎への世話は、きちんとしてくれるし、以前とくらべ、することに変りはないのだが、冷めたく張った冬の空のように、つやの顔にも声にも、感情がなかった。

当初のあきらめから希望がうまれ、今度は、大坂からよこした父の手紙を見て、つやは絶望したものであろう。

勝気な娘だけに、絶望を、愛する男にさとられまいとすることだけが、いまのつやの明け暮れであった。

(何も、おれは小稲と夫婦になろうというのじゃアないのだよ、おつや……)

まさか、口に出すわけにもゆかない。

八郎は、沈黙の中にとじこもることにした。

とにかく、傷よりも疲れだ。

それでいて、ふしぎに寝汗はかかない。

(これは、いいあんばいだな)

発熱がひどくなったら、まさかに医者をことわるわけにも行くまい。医者に見られたら最後である。死病だと家族が知ったら、尚更(なおさら)に、めんどうな柵(しがらみ)にかこまれて身の自由がきかなくなる。その日の夕暮れ近くなって……。

「うめえものを持ってきました」

〝鳥八十(とりやそ)〟の鎌吉が、小さな盤台を抱えこんで、屋敷へやって来た。

「おう、元気でいたか――」

「いたかもねえもンだ。そりゃア、こっちのいうせりふじゃアござんせんか」

「そうだったな」

「昨日、本山さんが店へお見えになりましてね。それで若先生が江戸へ帰ったというもンで……いやもう店の女どもは大さわぎでござんすよ」

「よろしくいってくれ。ときに、そのせつは、いろいろとすまなかった」

「へえ」

と、鎌吉は病室からあたりをうかがい、

「い、い、おいらんは、すっかりよくなりましたよ」

と、ささやいた。

「そうかえ」

ぱっと、八郎の頬に血がさしたようである。

「あの薬、効いたか？」

「効いたの何のって、話にならねえ。のみはじめて三日だ。けろッと癒っちまったそうで……」

「ふうん……」

「おいらん、待ってますよ」

「ふうん……」

「まさか、御屋敷へ来るわけにゃアいかねえし、それに……」

遊女の外出はきびしい。この前、小稲が深川の船宿へ出て来たのも、稲本の主人の特別なはからいがあったからだが、遊女の外出といえば、身内の冠婚葬祭にかぎり、付人に見まもられて廓内(かくない)を出るというのが、さだめなのである。

「ときに、うめえものは何だえ？」

八郎は話をそらした。

「まあ、見ていておくんなさい」

ちょうど、つやが茶をはこんできたのへ、鎌吉が、

「ちょいと、御勝手を拝借……」

といいかけ、目をみはった。

「どうだ、きれいだろう、鎌吉」

八郎は、つやを眼で指して、

「おれの妹よ」

と、いった。

鎌吉は屋敷の台所で庖丁をふるった。

「なるほど――」

はこばれた膳の上を見て、

「おつや。これでは、少し飲まねばなるまいねえ」

八郎がいうと、めずらしく、つやは淋しげな微笑を見せ、

「心得ておりますよ、お兄さま」

何となく、うるんだ声で答えたものである。

料理は、汁が三州味噌に新わかめ。あつあつの鶉の焼鳥に山椒をそえた一品。あとは、甘鯛の味噌漬などで、

「こいつは、うめえ」

甘鯛に、八郎は舌つづみを打った。

「白味噌へつけたンだな?」

「へえ。その前に、ちょいと塩でしめます。そこがコツでね。つけるときにはその塩を洗って、酒でといた味噌へつけるンで……昨日からもう一生懸命にやりましたよ、若先生に食べさせてえ一心というもンで……」

「ありがとうよ」

箸(はし)をおいて、八郎は、きちんと坐(すわ)り直し、鎌吉へ頭を下げた。

鎌吉は、涙ぐんだようである。

三

ついに、江戸城内の評定は〝恭順〟と決した。

会津の松平容保、桑名の松平越中守、姫路の酒井雅楽頭(うたのかみ)などの大名をはじめ、幕府閣僚の間で、どのような論争があったか、病床にいる八郎は知るべくもなかったが。

「恭順ときまった」

伊庭軍平が城から帰って来て告げると、

「そうでしたか……」

別に落胆の様子もなく、八郎は、

「時の勢いですねえ」

と、いった。

勘定奉行・小栗上野介(おぐりこうずけのすけ)の激烈な主戦論が、一時は会議の流れを一つにしぼりそうな気配も見えたという。

だが、

「余は、錦旗(きんき)に刃向うつもりはない」

徳川慶喜の決断によって、恭順と決したのだ。

「将軍御一人は、それでもよろしかろうが……徳川の家来たちの身は、どう成りたって行くのか……まあ、これからが大変ですねえ」

「他人事(ひとごと)のように申すではないか、八郎……」

「そう見えましょうか……」

八郎がふとんをはねのけて、

「猪作。床をあげてくれ」

力強くいったものだ。

「八郎――」

「寝てもいられますまい」

「何とする？」

「道場へ出ます」

「何――」

「躯（からだ）がなまってしまいました。猪作、来い。久しぶりに教えてやろう」

その日から、八郎の稽古が、また始まった。

徳川慶喜は、恭順派の主唱者で、軍艦奉行の勝安房守を陸軍総裁にすえ、矢田堀鴻（やたぼりこう）、山口直毅、大久保忠寛などを閣僚に任じた。

いわば、終戦内閣である。

主戦派は、ことごとく排斥された。

これを知った諸外国は、フランス公使・レオン・ロッシュの発議により、各国公使は日本居留の各国人の局外中立を布告した。

京都では――。

いよいよ、徳川征討軍の編成が成った。

征討軍総督　有栖川宮熾仁親王（ありすがわのみやたるひと）

参謀長　西郷吉之助
東海道総督　橋本実梁
参　謀　木梨精一郎（他一名）
東山道総督　岩倉具定
参　謀　伊地知正治（他一名）
北陸道総督　高倉永祜
参　謀　黒田了介（他一名）

三道にわかれて、江戸を攻めようというのだ。

近畿の豪商たちから三百万両におよぶ軍用金も調達出来たし、笛・太鼓の軍楽隊を先頭に、官軍は堂々たる軍列をつらね、京都を発した。

官軍兵力は、薩長二藩をはじめ、備前・紀州・佐土原・大和・鳥取・土佐・越前・肥後などの諸藩をふくめて、総勢五万余といわれる。

「上様は、上野寛永寺の大慈院に移られることになりましたぞ」

伊庭軍平が城から帰って来て、

「わしも、上様守護の役目にて、上野へまいる。当分は戻れまい」

「つまり、官軍とやらに対し謹慎されるというのですね」

「そうだ」

「越前侯が仲介をして、将軍の謝罪状を朝廷にたてまつったというではありませぬか」

「うむ……」

「何度あやまれば気がすむのですかねえ」

たまりかねて、八郎は舌うちをした。

その謝罪状も、朝廷は却下した。

(将軍も甘すぎる。薩長のやりくちを、さんざん知りつくしておられる筈(はず)ではないか。朝廷朝廷というが、相手は薩長と、これをとり巻く公卿(くげ)どもなのに……下手に出りゃア、つけあがるだけではないか……)

そのうちに、本山小太郎がやって来て、

「幕臣が中心となって、彰義隊というものが出来たぞ」

といった。

「何だ、そりゃア……」

「官軍とかいうものをやっつけるのさ。浅草の本願寺に集まって、血判したそうだ。

五、六百人はいるらしい」
「ふウン……」

「どうだ。おれたちも加わるか？」

「あわてるな。それよりも先ず、遊撃隊をあつめろ。どうなるかわからねえが、何をするにしても気の合ったもの同士がいい」

「そりゃ、そうだな」

朝の道場であった。

「何をするにしてもだ……」

もう一度つぶやき、八郎は、また十五貫の鉄棒をふりはじめた。

出撃

一

目ざめると、頭が重かった。

障子に、夕暮れがきていた。

（よく眠った……）

酒の気のひいた自分の肌身に、伊庭八郎は、小稲の移り香が、まだ残っているのを知った。

野草のような、小稲の肌の匂いであった。

「いやなんです、私……肌のにおいがつよくて……」

昨夜も小稲はいったものだ。

「因州の女は肌のにおいがつよいンだそうですけれど……むかしから、よくいいますねえ、伊庭さん……」

「何と……？」

「因州女は、牛のようにはたらくと……」

「そうかね」

「汗くさい女なのかも知れません、因州女は……」

そんなことをいいつつ、小稲は、いつものように顔からも肌身からも化粧の香をすべて洗いおとし、八郎の腕に抱かれたのである。

「これが別れだよ」

とは、八郎もいわなかった。

「二、三日うちに、また来る」

と、いった。

「ほんとうでござンすか、伊庭さん……」

「本当とも」

「いま、大変なのでござんしょうねえ」

「おれが身のことか？」

「あい」

「何しろ徳川の御家がつぶれてしまったのだものねえ」

「これから……あの……」

「どうするのか、というのかえ？」

「あい」

「いま、そいつを考えているところよ」

何気なく答えておき、きっと近いうちに来ると約束をして、八郎は今朝、吉原を出た。

二日、吉原にいたのである。

（もう会えないだろうよ）

訣別（けつべつ）の意味を、決して顔にも眼にも、八郎はあらわさないようにした。敏感な小稲も、死病をさえ誰にも知られぬほどの八郎の肚（はら）の中を見ぬくことは出来なかったようだ。

吉原を出て、松葉町の貞源寺へまわり、了達和尚（おしょう）にも別れを告げようか、とも思ったが、

（このさい、かえってお目にかからねえほうがいいかも知れぬ）

やめにした。

（おれが死んでからでいい。きっと何もいわずとも、和尚はわかってくれよう）

駕籠を上野広小路の〝鳥八十〟へつけた。

「朝早くからすまねえ。湯に入れてくれぬか。そうして、ひとねむりさせてくれ」

まだ戸を閉ざしている鳥八十であったが、すぐに鎌吉が出て来て、世話をしてくれた。

「めんどうをかけてすまねえ。屋敷へは夜になってから帰りてえのだ。それにまた、町なかをうろうろしているわけにもゆかねえ。何しろ、御城は敵の手にわたったのだものな」

「お気をつけなせえまし。このあたりにも、まっ昼間から鉄砲かついだ錦切れが、押しまわしておりますよ」

錦切れ——官軍のことであった。

一風呂あびて、酒を一本のみ、八郎は鳥八十の二階の小間で、ぐっすりと眠った。

すでに、官軍は江戸城を……江戸を接収していた。

江戸城を出て、上野寛永寺の小さな部屋にひきこもり、月代もひげも剃らず、ひたすら朝廷に……官軍に対して謹慎の意をあらわしている前将軍・徳川慶喜は、

「たのむ」

すべてを、勝安房守に托した。

勝は幕臣のうちでも〝御家人〟とよばれる貧乏ざむらいの家に生まれた。したがって名門の家柄につきまとい沁みこんでいる〝徳川の家来〟という観念が、きわめて、うすい。

その上に、幼少から秀才をうたわれた勝は、和洋の学問に通じ、世界のうごきにも通じているし、剣術でもってねりあげた肚の太さは計り知れぬものがある。

ものの見方が、自由自在であった。

前将軍も勝安房も、抗戦派を押しのけ、あくまで恭順の線をくずさなかったのは、

「無益な争いを、血を、戦乱を、この上かさねつづけることは、日本のために無益きわまることである」

という意志にもとづいている。

「勝め。さっさと裏切りゃアがったよ」

などと、本山小太郎は悲憤やる方なく、勝をののしった。

この本山の気持は、少しでも意地のある幕臣たちの気持を代表するものだ。

勝安房は、横浜のイギリス領事館へ何度も足をはこんだそうだ。

フランスは幕府の味方と見てもよいが、イギリスは官軍の後押しをしてきた国なのであった。それへはたらきかけた。奔放きわまる勝の行動であった。

「前将軍は謹慎している。何も彼も朝廷のおぼしめしのままに、つつしんでいる。この上官軍が前将軍の首をとろうとするならば、幕臣はのこらず起ち上って官軍に刃向い、江戸市中は戦火につつまれ犠牲は非常なものとなろう。

先進文明国たる貴国は、このことをよく御承知のことと存ずる。どうか貴国の力をもって、官軍を説きふせてもらいたい」

と、このように率直な態度でイギリスへもちかけたものであろう。

イギリスは、勝が旧幕府を代表して自分の国をたよってきたことに好意を持ったし、親幕派のフランスを牽制するためもあって、

「よろしい」

イギリスは、東海道を下りつつある官軍に向って交渉を開始した。

「もしも官軍が、あくまで旧幕府を討伐せんとするなら、我国は、幕軍を助けるかも知れない」

すこぶる強硬であった。

参謀長の西郷隆盛も、これには弱った。

そこへ、間髪を入れずに、勝安房守の意をふくんだ幕臣・山岡鉄太郎が駿府（静岡市）まで進んで来た官軍本営へやって来た。

交渉の下準備にである。

三月十四日――。

江戸の芝・田町にある薩摩屋敷へ入った西郷隆盛と勝安房守の会見がおこなわれ、

「おだやかに江戸城を明け渡して下はるのなら、慶喜公の身の上については、私がうけあいもそ」

と、西郷がひきうけ、勝も、

「幕臣のうごきについては、私が身をもってひきうけます」

ということになった。

官軍には絶対的な主導力をもつ西郷と、旧幕府を代表する勝と、二人だけで、無血開城の事をとりきめてしまった。

これをもって、人間相互の信頼と愛情を内蔵した政治の偉大さは終りを告げる。

つまり、西郷にも勝にも、派閥がいささかもなかったからだ。いや、二人ともに派閥などというものと無関係のところに生きていた人間であったから、こういうことがやれたのであろう。

四月十一日に、官軍は戦わずして江戸城へ入った。

「おれはねえ。勝さんを憎む気にはなれないよ」

と、伊庭八郎は本山小太郎にいったものである。

「では、おぬし。奴(やつ)らと戦わぬ気か?」

「戦うさ」

「では、なぜ勝の野郎を……」

「まあ、いいさ。徳川にも勝さんのようなのと、おれたちのようなのとがいて、それでいいのだ」

二

その夜――。

ふけてから、八郎は御徒町の屋敷へ帰った。

門の戸を叩(たた)かず、塀を乗りこえた。

すでに、初夏である。

空は曇っていて、夜気が生あたたかい。

奥庭へ入り、弟の猪作が寝ている部屋の雨戸を、そっと叩いた。

心得たもので、内側から、猪作が「わかりました」というように、戸を叩き返してきた。

八郎は、自分の部屋の雨戸の前に行った。

ややあって、戸がひらかれた。

「兄上。お帰りなさい」

「うむ……みんな、寝ているな？」

「はい、大丈夫です」

「遅いのに、すまなかった」

「馴れています」

「ばか」

「では……」

行きかける弟を、八郎は「おい」と呼びとめた。

「少し、話がある」

「はあ……」

「ま、来い」

部屋には床がのべてあった。

「お前がしいたのか？」

「姉上です。昨夜も床をのべておられました」

「そうか……」

「どこへ行っていたのです、吉原ですか？」

「ばか」

笑って叱って、八郎は、

「猪作。いよいよ別れだ」

といった。

「彰義隊へお入りなされますか？」

「いや」

「では、会津にでも……？」

会津藩主・松平侯は領国へ帰り、若松城を戦闘体制にすると共に、東北の大名たちによびかけ〝奥羽列藩同盟〟というものをむすび、官軍を迎え撃つつもりらしい。

「おれは、幕府遊撃隊としてうごくつもりだ。何をするか、見ておればわかる」

「勝って下さい」

「遊撃隊だけでは勝てないよ」

「どうするのです、兄上――」

「まあいい。見ていろ。すでに官軍は江戸を我手につかんだ。戦争の本筋からいえば、とても勝目はないのさ」

「でも……」

「猪作。お前、この兄が、どこまでも官軍に刃向おうという、その心がわかるか？」

「はい」

「いや、わかるまいよ」

幕臣としての意地だと、弟は思いこんでいるに違いない。

強いていえばそれも無いではない。

が、八郎が徹底的に官軍と抗戦しようと決意したのは、もっと別のことだ。

わかるまいよ、と、いってから、すぐに、

「よし。わかっておれば、それでよい」

と、八郎はいい直した。

「私も連れて行って下さい」

猪作は、少年の血気をみなぎらせていう。

「叱っ。声が高い。誰にも知らせたくないのだ。明朝、ひそかに家を出る。後のことはお前にまかす。お前が伊庭の家を、伊庭の剣をまもってくれねばならぬ。お前は、その責任を背負わねばならぬ。わかるか……わかってくれるなあ」

「はい」

やがて猪作は去った。

八郎が床へ入ってから、どれほどの刻(とき)がたったろうか……。

(あ……?)

廊下を忍んで来る足音をきいて、

(おつやか……)

まさに、つやであった。

八郎の部屋の前まで来て、ぴたりと、つやの足音がとまった。

八郎が寝ている八畳の間の次に、三畳の間があり、そこの襖(ふすま)をあけると廊下なのである。

その襖の向うに、つやが、うずくまっているらしい。

八郎は、息をのんだ。

そのまま、つやはうごこうともしない。

廊下の闇(やみ)につぐなんでいる彼女のあえぎや、彼女の肉体を燃やしている血のたかぶりを、いやでも八郎は感じないわけにはゆかなかった。

(知っていたのか……)

明日、この屋敷を出て、二度と帰らないだろう八郎のことをである。

息をつめ、寝返りもうたず、八郎は夜をあかした。

空が白みかかるころ、つやの足音が遠ざかって行った。

(……気のつよい女だ)

起きあがって、八郎は、

「ゆるしてくれよ、おつや……」

思わず、うめくようにいった。

すぐに身仕度にかかった。

黒のぶっさき羽織に、こまかい縞の着物、小倉の袴をつけて大小を腰に、素足のまま庭へ出て、塀を乗りこえ、足をぬぐってから雪駄をはいた。

(猪作。たのむぞ)

戦闘用の仕度は、前もって本山小太郎へあずけておいてある。

三

千葉県・木更津の東南半里ほどのところに、請西(じょうざい)というところがある。

当時、ここは、上総(かずさ)・請西藩一万石の陣屋があったところで、藩主は、林昌之助忠崇(ただたか)といった。

林氏は、清和源氏・小笠原氏族から出たもので、肥後守忠英(ただふさ)のころ、幕府御側衆より出世をして若年寄にすすみ、ついに、大名にとりたてられた。

これが文政年中のことで、昌之助の父・忠旭(ただあきら)が、上総・貝淵(かいふち)から請西へ陣屋を移し、ここを居所と定めた。

ときに林昌之助は、二十一歳の血気ざかりである。

房州には、林家のような小大名が多い。

どこの家でも大変なさわぎであった。

官軍総督府は、朝命をもって先頃から上京を命じてきているが、林昌之助としては、

「慶喜公恭順の上は、徳川の家が立ち行くようにならなくては困る。われらは徳川家創成のころより、臣下としてこれに仕え、以来数百年にわたって御恩顧をこうむって

おる。いかに、世上が変ろうとて、このことを忘れることはできない。それが人道というものじゃ」

年は若くても、まことに、はっきりとしたものであった。

自分の領国をすべて朝廷に返上するから、徳川の家名を立ててもらいたい、と、林昌之助は、官軍に嘆願書を出している。

官軍も朝廷も、こんな小大名の嘆願なぞ、歯牙にもかけない。

ただもう、

「総督府へ出頭せよ。さもなくば賊徒と見なす」

の一点張りであった。

「何が賊徒じゃ。天子おんみずから、そのように我らをよばれたわけではない。薩摩や長州の奴どもが勝手放題なことを……」

若いだけに、林昌之助は、じりじりしている。

そのうちに、旧幕府撒兵隊三千をひきいた福田八郎右衛門が木更津へ来た。

「このまま手をつかねていたのでは、徳川家の恢復はなしとげられますまい。どうぞ、われわれと共に起ち上っていただきたい」

と、福田が陣屋へ来て熱心にたのむ。

老臣たちの言葉もあって、昌之助は、いいかげんにあしらっておいたが、江戸を脱走して木更津周辺にあつまる幕臣の数は増加するばかりである。

この最中に、伊庭八郎は、三十余名の遊撃隊をひきいて、木更津海岸へ船をつけた。

「殿さまへお目通りを……」

と、八郎は請西の陣屋へやって来た。

同行したのは同じ遊撃隊の人見勝太郎で、いまの遊撃隊は伊庭と人見の二人が指揮をとっている。

現在〝林昌之助戊辰出陣記〟というものが残っている。

その慶応四年四月二十八日の項に、

……此頃、江戸脱走の遊撃隊三十余名、木更津に着岸し、隊長・伊庭八郎、人見勝太郎の両人、今日、請西の営に来り、これまた徳川恢復与力の儀を乞う。すなわち誓って同心すべきの旨を答う。

とある。

一目見て、林昌之助は伊庭八郎が気に入った。

八郎は、鳥羽伏見の戦争のときと同じような武装であった。

日の丸の陣羽織は硝煙と血痕によごれつくしている。

いうまでもない。

肌には、小稲がつくるところの守り襦袢をつけていた。

弁舌さわやかに〝旗あげ〟のことを説きすすむ八郎へ、林家の老臣・前田伊織というのが、

「すでに、江戸をおさめた官軍に対し、勝利の見こみがおありなのか？」

と、きいた。

このとき、八郎は、にこりとして、

「ただ、微衷をつくさんのみ――」

と、こたえた。

林昌之助は、これを見て、ふかくうなずく。

微衷とは、わが真心をいう。

「なれど……」

青くなって膝をつめよせる前田に、

「もうよい」

林昌之助は、これを制した。

「伊庭。共にやろう‼」

「はっ……」

これで、きまった。

八郎は、遊撃隊一同を陣屋までつれてきていたが、先にやって来た撤兵隊などとは、まるで違う。

このころ上総・木更津一帯に流れこんで来た幕臣たちは、半分は自暴自棄のかたちで、手当り次第に、あたりの民家へ押し入り、掠奪暴行のかぎりをつくしていたものだ。

林昌之助の日記に、

……遊撃隊の両士を見るに、剛柔相兼ね、威徳並行の人物なり。ことに隊下の兵士、よく其令を用い、いずれも真の忠義を志すの由……。

とある。

かくて――。

木更津の地に敵を迎えるよりは、小田原藩の力を借り、東海道に打って出ようということになった。

四

すでに、前将軍は江戸を去っていた。

いくら上野寛永寺に身をつつしんでいても、徳川慶喜の江戸にあるかぎり、彰義隊をはじめとする幕臣が、何を仕出かすか知れたものではない。

慶喜は、水戸へひきこもることになった。

「父と共に、お供をして行かぬか？」

伊庭軍平は、二度、三度と、八郎をうながしたが、

「父上がおいでになれば、私なぞがお供に加わることもありますまい」

八郎は、やんわりと、

「まだ躯(からだ)も恢復しておりませぬし……」

「江戸に残って、何をするつもりです？」

「いまは只(ただ)、躯を……」

「何をいわれることか……」

軍平は、義父だけに、いつもの丁重な言葉づかいをくずすことなく、

「慶喜公のお心を無にしてはなりませぬぞ」

念をおした。

「戦さ騒ぎは終ったのじゃ」

「この道場をまもれと申されますか？」

「いかにも――」

「心得ました」

「また嘘を……」

と、軍平は嘆息をもらし、

「病患は、人の心をさいなむ。何事にも思いつめ、そのあげくの果てに、はげしい行動に出てはなるまい。おわかりか？」

このとき、八郎はハッとした。

軍平に、おのれの死病をさとられたわけでもあるまい。軍平は、いまの八郎の身を心配しているにすぎない。鳥羽伏見の戦争でうけた心身の疲労が、八郎の神経を刺激し、かえって抗戦の態度に出ることを不安に思ったのであろう。

「八郎は、ついに、その胸の底にかくしてあるものを、私にうちあけてはくれなんだ。ま、それもよい。おぬしは情のこわいお人じゃ」

屋敷を出て行くときも、軍平は淡々として、妻女のたみへ、

「たのむ」

の一言をのこし、寛永寺へ戻って行った。

翌四月十一日未明――。

徳川慶喜は、わずかな供をしたがえ、駕籠にものらず江戸を発し、水戸へおもむいた。

この日――。

江戸城は官軍の手に帰した。

これが、伊庭八郎が遊撃隊をひきいて、木更津へ向った十七日前のことである。

さて……。

林昌之助は、自藩六十余名をつれて、遊撃隊と共に、請西の陣屋を出発した。

大名といっても、一万石だ。

家来の数も少ない。

その上に、殿さまが、いよいよ官軍に刃向うのだと知って、

「何も死にに行くことはあるまい」

さっさと逃げ出す家来もいるし、家老たちや老臣などは、

「無謀でござる」

いかめしい顔つきで、この二十一歳の殿さまを押えつけにかかった。

「無謀は知れてある」

と、林昌之助は武者人形のような顔をほころばせ、

「よいよい、そちたちごとき老いぼれについて来いとはいわぬ。陣屋に残って日向ぼっこでもしておれ」

「錦旗に刃向うては、のちのちのためになりますまいかと……」

「黙れ」

昌之助は叱りつけた。

「錦旗をかざして官軍などというておるが、正体は薩摩と長州じゃ。何事も政権を争う我と彼である。鳥羽伏見に我が勝てば錦旗を押したて、彼らを追いまくっておるところではないか」

あとはもう何をいっても通じまいといった表情で、林昌之助が伊庭八郎に、

「家老どもは血が冷えておってな」

苦笑してみせた。

双方が合して百人にたらぬ一隊であった。

これから、上総一帯の小大名たちにも応援を乞うたが、どこでも肚がきまっていない。

結局、勝山・館山などの藩から脱走した侍たち八十余名が参加し、総勢百七十余名となった。

これだけで、とにかく旗をあげようというのである。

江戸は数万の官軍により、接収されてしまった。

だが、旧幕府勢力は諸方に散って、まだ存在しているのである。

「やろうじゃアねえか、伊庭――」

と、榎本釜次郎がいった。

旧幕府の海軍は、いま江戸湾にあつめられて、官軍の監視をうけているのだが、軍艦頭・榎本は七隻の軍艦をひきい、すぐる四月十一日に脱走したほどだ。

遊撃隊は、このあとから、上総へ向うことになっていた。

ところが、勝安房守が、みずから後を追いかけてきて、榎本を説きふせた。

「帰れ」

と、いうのである。

榎本も、勝に来られては頭が上らなかった。

勝と共に、もう一度、江戸の海へ戻ったが、

「また脱走するつもりでございますよ」

伊庭八郎は自信をもって、林昌之助にいいきった。

合同軍が、安房・館山の港を発したのは、閏四月十日であった。

旧暦閏の四月だから、もう初夏である。

三百石づみの船二艘をやとい、あとは小舟に分乗し、全軍が相模湾へ出た。

途中、官軍の軍艦に出会ったりして、海上をさまよい、十二日に至り、相州（神奈川県）真鶴港に上陸することが出来た。

五

真鶴から小田原城下までは、四里にたらぬ近さである。

「先ず、わしが行ってみる」

林昌之助みずから、四名をひきいて、小田原へ向った。

小田原十一万三千石の藩主は大久保加賀守忠礼(ただのり)であった。

大久保家は、幕府創成のころから徳川将軍に忠誠を誓いつづけてきた家柄だ。

ここでも、どこの大名の家と同じように、

「城を守って、あくまでも官軍に刃向うべし」

「うかつに動いては取り返しがつくまい」

「いま少し情勢を見きわめてからでは……」

などと、わき返るようなさわぎである。

ここへ乗りこみ、林昌之助は、藩主・加賀守忠礼に面会をした。

「つまるところ、時を逸してはならぬということであります。奥羽には、会津をはじめ諸藩力を合せ、あくまでも戦いぬく様子と見きわめました。公儀海軍もまたしかり。われらは、官軍とやら申すものに尾をふって餌(えさ)を乞うた紀州・尾州・彦根の三藩のまねごとをしとうはありませぬ。いかが？」

「そ、それは、いかにも……」

大久保加賀守も同意である。

紀州・尾州の二藩は、徳川の親類すじであり、彦根藩は、譜代大名のうちでも、二百何十年にわたり、京を押え、幕府が、もっとも信頼した大名だ。

それが、まっ先に官軍へついた。

手もなく、くっついたのである。

のちに、次のような文書を、林昌之助は官軍総督府へ送りつけている。

臣君を弑し、子父を弑す。大逆無道天地いれざるところなり。

紀・尾・彦三藩の、徳川氏における臣子なり。臣らが、紀・尾・彦における儀、同藩に同じ。

ゆえに今、同志の徒と、その罪を攻めんとす。これ臣らが微衷なり。

慶応四戊辰年

閏四月　林昌之助

伊庭八郎

人見勝太郎

外遊撃隊

諸脱藩

つまり、我々は天皇に刃向うのではない。

裏切った紀州などの諸大名を攻めるのだ、というわけだ。

この一文に、伊庭八郎や林昌之助の誠心は、あきらかである。

一文の裏を、底を、さぐりつづけて行くと、彼らの微衷というものが、はっきりとわかってくる。

ともかく、林昌之助がやって来て、小田原藩のさわぎは、尚(なお)もはげしいものとなった。

林昌之助は三日にわたり、小田原城中へとどまった。

なかなか、小田原藩の会議はまとまらない。

十四日の朝――。

小田原藩からもらった馬に乗り、林昌之助が、江ノ浦の陣営に帰って来た。

「いかがなりましたか？」

八郎も、人見勝太郎も待ちかねている。

「ま、きけい」

昌之助は竹の水筒につめた冷酒をはこばせ、一気にあおった。

「小田原藩にも腰ぬけが、だいぶおるわ」

にやりとして、

「家老どもがな、いまここで、うかつに騒ぎたてては、反って徳川家のおためになるまいと申してな。いやはや、わしが家のじじいどもと同じことよ」

「で……？」と八郎。

「でも何もないわさ。もう少し待ってくれというのじゃ。そのかわり、武器弾薬、兵糧なぞ、こちらの望みにまかせて送ってよこすそうな――」

言って、昌之助は大笑した。

どうやら官軍勝利になりそうらしい。

しかし、まだわからない。

もしも、旧幕府方が勢いをもり返して官軍を破ったらどうなる。いまのところ、どっちにもつかぬ方がよろしい、というわけだ。だから、武器も食糧も、そちらへ送るという。そのかわり、官軍と戦うことも、もう少し待ってくれという。

「とんでもない時勢になりおったな」

林昌之助が舌うちをして、

「武士が戦さを忘れてしもうた。おのれが味方するべきものの見当がつかぬというのじゃ」

そのうちに、小田原藩から軍用金を送ってきたりした。

「ここに滞陣しつづけることもいかがかと思われます。小田原の腹がきまるまで、どちらにしても進退のきくところにとどまるべきでしょう」

と、伊庭八郎が進言をした。

「もっともである。場合によっては、甲府へ攻めかけてもよい」

うてばひびくように、林の殿さまが答えた。

とにかく、二人、気が合うのである。

甲府城へは、すでに官軍が入っていた。

先に、甲府へ攻めかけた新選組は見事に敗北し、隊長・近藤勇も、八郎が御徒町の屋敷を出る前に捕えられ、板橋刑場で首をはねられたらしい。

六

閏四月十七日――。

全軍、御殿場へ入った。

ここなら、甲府へも東海道へも、出入りがきく。

八郎たちの旗あげをきいて、駿府（静岡）からも、岡崎藩からも、脱走した侍たちが六十名ほど馳せつけてきた。何の彼ので、総勢二百三十八名にふくれあがった。

御殿場へついた翌々日の夕暮れ近くになって、

「大監察・山岡鉄太郎まかり通る」

とよばわり、御殿場の番所へやって来たものがいる。

汗と埃にまみれた木綿の紋付をまとい、剣術の稽古につかうよれよれの袴をつけた大男が、一人で馬に乗って来たのだ。

幕臣なら、山岡鉄太郎を知らぬはずがない。

鉄太郎は、旗本・小野朝右衛門の五男にうまれた。

のち、旗本・山岡紀一郎の養子となり、刀槍の奥義をきわめ、講武所の世話役もつとめたので、八郎とも顔なじみである。

鉄太郎の号を〝鉄舟〟という。

鉄太郎の義兄が、槍の名人、高橋伊勢守で、この人の号が〝泥舟〟だ。

勝安房守の号が〝海舟〟というので、幕末〝三舟〟の名は、世にうたわれた。

鉄太郎このとき、三十三歳。

勝安房守の右腕となって、終戦の始末に活躍をしている。

だから〝大監察〟という役目まで、官軍からゆるされているのだ。

いわば、幕臣たちの暴動を監視する役目なのである。

「狗(いぬ)が来たぞ!!」

「叩き斬(き)れい!!」

村道を馬でやってくる山岡鉄太郎に向って、みんながさわぎ出した。

これから官軍と戦おうという遊撃隊にとっては、まさに、山岡は裏切り者ということになる。

「通すな!!」

「斬れ、斬れ」

刀や槍をひらめかせ、山岡をとりかこんだのはいいが、だれも手が出ない。

この三月に、東海道を進軍して来る官軍のまっ只中へ、たった一人で乗りこみ、勝安房の手紙を官軍参謀長・西郷吉之助へとどけたほどの山岡鉄太郎である。

「本陣はどこだ?」

ゆうゆうとして、微笑さえもうかべて、

「伊庭に、おれが来たとつたえろ」

このとき、

「うぬ!!」

飛び出して槍を突きかけようとした隊士がいる。

永井主計(かずえ)という若侍だ。

「馬鹿者(ばかもの)!!」

馬上から、山岡が怒鳴りつけた。

すさまじい声であった。

その声ひとつで、永井の足がすくんでしまった。

槍や剣をまなんでも、まなび方が、まるで違う。

「山岡さんは、稽古の一つ一つに命をすてながら修行をしてきた人だ。永井じゃア歯がたたねえよ」

あとで、八郎が笑ったそうな。

旧家を借りて、幔幕(まんまく)をはりめぐらした本陣から、伊庭八郎が、さわぎをききつけてあらわれた。

「山岡さんをお通ししろ」

八郎の声に、

「伊庭か……」

「久しぶりですな」

「うむ……」

うなずいた山岡鉄太郎が、

「やったなあ、おい」

にこにこしながら、いった。

「何をしにおいでになりました？」

「いま話すよ」

「無駄でしょうなあ」

「ま、いいさ。ともかくきいてくれ」

濃くなった夕闇の中で、二人は、じっと眼と眼を合せた。

八郎が山岡を本陣の中へ連れて行き、林昌之助へ引合せると、

「伊庭からすべてをきけ。わしは伊庭と同意じゃ」

林の殿さまは、相変らず冷酒をのみながら、

「山岡。もう少しすると、たくさんに蛍がとんでくる。きれいだぞ」

と、いったものである。

「心得ました」

山岡は一礼し、八郎に、

「何か食わしてくれぬか」

「すぐに……」

　別室へ行き、二人は向い合った。

　山岡鉄太郎は、たきたての握り飯を、八郎と一緒にほおばりつつ、

「どうだ、伊庭。戦さつづきで、うまいものも食えぬだろう」

「仕方がありますまい」

「軍平殿は、水戸へお供されたそうだな」

「はあ」

「なぜ、ついて行かなかった？」

「山岡さんにしては、愚問ですな」

「愚問ではない。伊庭のような利発な男が、なぜ、こんなところにいて刀をふりまわしているんだ」

「わかりませんか？」

「当り前だ」

「まあ、よろしい。そちらは何のために……」

「いうまでもない。おぬしたちに軽はずみをさせぬためだ。伊庭、よくきけい――上

様のためを思うなら、何も彼も耐え忍ばれ、どこまでも朝廷に対したてまつり恭順の意をつくされた上様のお心にそうべきであろう」

「と、おっしゃるが……あなたも肚の中では、前将軍の意気地なしを笑っておいでになるのでしょう」

「何……」

「どこまでも恭順なら、なぜ、将軍位を投げうったくせに、またも鳥羽伏見の出陣を上様はゆるされたのだ。まるで足もとが、ふらふらしている」

「ふむ……」

「私は慶喜公のために旗あげをしたのではない、徳川家のために……」

「もう古いぞ、その考え方は……」

「何が古い」

めずらしく伊庭八郎は、沢庵をつまみかけた箸を土間へたたきつけて、叫んだ。

脱出

一

山岡鉄太郎は満面に血をのぼせて、いった。

「おれだとて、徳川(とくせん)への忠誠は、おぬしにも負けはせぬ。だが、いまの時勢は徳川ひとりのことを考えている場合ではないのだ」

伊庭八郎が、微笑をうかべた。

もう興奮は去ったらしい。

指で、竹の皮に盛った沢庵(たくあん)をつまみながら低くいった。

「忠誠とは……忠義とは、上下の親愛にもとづくものですよ、山岡さん」

「む……」

「私は、先の将軍(だんな)の家茂公と、先の帝(みかど)の孝明天皇が、ともにおん腕をさしのべられ、力強く心と心をむすばれ、乱れさわぐ日の本の国の舵(かじ)をおとりあそばそうとなされた……このことを、私はいま、この胸のうちに、しかとたたみこんでいます」

「そりゃ、わかる」

「徳川の天下三百年の善悪については、この一事によって、すべて善となった。そうでしょう、違いますか？」

「むむ……」

「薩摩も長州も、これをたすけようとはしなかった、ぶちこわしたのです」

「それをうらみに思って、おぬしは官軍と……」

「およしなさい。あなたが奴（やつ）らを官軍などとよぶことはねえ」

「勝さんやおれの思うことは、無益な戦さを、この上もつづけて、罪もない国民（くにたみ）に戦火の苦しみをあたえまいとしておるのだ」

「なるほど、それが新しい、ということなのですか。山岡さん、私は何も、人の暮しがあるところで戦おうというのではない。江戸を出て、この、ひろびろとした富士の裾野（すその）に陣を張っているんですよ」

「だから、どうだというのだ。そもそも、おぬし、こんなことをして勝てると思うのか」

「勝ち負けは別でしょう」

「馬鹿な……」

「あなたは古いとか新しいとかいうが……去年、慶喜公が、わずか一日にして、おんみずから天下の権を朝廷に返上したてまつったことを何とごらんだ？」

山岡は答えない。

「一滴の血も流さず、三百年におよんだ天下の権を、将軍みずからが、さっさと手放したのだ。こいつは、いまだかつて、わが国の歴史になかったものですぜ」

山岡の眼のいろは、もうおだやかなものになっていて、

「むむ」

つよく、うなずいた。

「こんな新しいことはないと、私は思いますねえ。ここで、薩長の奴らが新しい奴らなら、よくやってくれた、われわれも共に力を合せ、国事にはたらこう……と、こういって来なくてはならねえ筈だ。違いますか？——いや違わねえ筈だと思いますがねえ。

それでこそ、あなたや勝さんのいう通り、新しい日本が生れることになるンだ」

八郎は、ぽりぽりと沢庵をかみくだいた。すでに夜であった。

二人がいる部屋には灯がなかったが、この本陣のまわりには遊撃隊の篝火が天をこ

がしている。

「ところがだ、薩長の奴らは、あくまでも、こんな新しいことをやってのけた徳川の息の根をとめなくては、安心して眠れねえらしい。むりやりに、こっちを戦争にひきずりこみ、牙(きば)をならして飛びかかってきた。しょせん、こいつは織田・豊臣のころの天下とりと同じようなもンです、何が新しいことがあるもンか」

「伊庭。そこまで思いつめたか……」

「当り前でしょう」

八郎は、一歩もひかなかった。

「勤王方というものが、たとえ天下をとっても、人の世のありさまには変りがねえのだ。だんぶくろを着て、ほれ、あのマッチとかいうもので煙草(たばこ)の火をつけるような世の中になってもですよ」

「よし、ではきこう」

山岡鉄太郎も八郎に負けたわけではない。

「この旗あげの本心をきこう」

おごそかに訊(き)いてきた。

「ただ微衷をつくすのみです」

「それだけか？」

「山岡さん。これだけ慶喜公（だんな）が頭を下げても、官軍は、わずかに慶喜公の死一等を減じただけというじゃアありませんか。世にいう旗本八万騎……つまり徳川の家来はどうなるンです？」

「だからこそ、無益な戦さをやめようというのだ」

「見こみがありますかねえ」

「だからこそ、勝さんもおれも必死ではたらいているのだ」

「ま、よろしい」

　八郎は立ちあがった。

「もう、お帰り下さい」

「伊庭!!」

　山岡も突っ立って、

「いまは国の中で争うている場合ではないぞ。西洋諸国が、この小さな日本という国をとりかこみ、爪（つめ）を磨（と）いでいるのだ」

「日本は、海にかこまれていますよ」

と、八郎はいいはなった。

「あまり、びくびくしちゃアいけませんねえ」

「伊庭――」

「もしも毛唐どもが何かしかけてくるようなら、それこそわれわれと勤王方とが一緒になってはたらきましょうよ。そうなりゃア尚（なお）のこと好都合というもンです」

「冗談をいうのか――」

「山岡さん」

八郎は土間へ出て、手をあげた。

「ごらんなさい。蛍が入ってきましたよ」

二

山岡鉄太郎は、しかし挫（くじ）けなかった。

「かならず、おぬしたちの気持が通るようにしてみせる。だから待てぬか、もう一度、おれが引返してくるまで待て」

八郎の強固な態度を見て、

（何をこそするか知れたものではない）

と、山岡は考えた。

山岡にしてみれば、

（今ここで、官軍を下手に刺激しては、勝さんやおれのしていることが何にもならなくなる）

ということなのだ。

林昌之助も中へ入って、

「山岡氏が、これほどにいうのだ。まかせてみようではないか」

という。

「そうですか。まあ、それでは……」

にやにやして、八郎は別にさからわなかった。

「たのむ、無謀をするなよ」

山岡が引返して行ったあとで、遊撃隊は、とりあえず、甲府へのりこみ、そこで、山岡からの知らせを待つことになった。

このとき、遊撃隊が官軍総督府へ差し出した「趣意書」については、すでにのべておいた。

旧幕府というもの……徳川家というものの身が立つようにしてもらいたい。ひいては、徳川の家来であったものにも、なっとくが行くような処置をとってもらいたい。

前将軍の首を斬ることだけはゆるしてやるが、あとのことは何もまだわからない、というのでは、どこまでも官軍へ向って抗戦するよりほかに道はない……これが遊撃隊の趣意である。

「趣意書」の文面の底にある遊撃隊旗あげの〝本心〟は、むろん山岡鉄太郎によって、くわしく総督府へきこえる筈であった。

江戸へ去る山岡と、甲府へ向う遊撃隊が、御殿場を発ったのは、十九日である。

二十日は、川口湖畔から三坂峠をこえた。

この日、遊撃隊は、甲州・黒駒の宿へ入り、四月いっぱい、ここに滞陣をした。

山岡からは何ともいってこない。

遊撃隊へ新しく参加するものも、ほとんどなかった。

甲州一帯には、官軍東山道部隊が押して来、幕臣たちも、すでに姿を消してしまった。

小田原藩も、しいんとしたままだ。

「腰ぬけどもが、はびこるばかりじゃな」

林昌之助は苦笑をもらし、

「われらの旗あげに応ずる者がまったくないというのでは、仕方もあるまい」

「どう仕方がないのでありましょう」

八郎が、じろりと見て、

「このまま上総へ、お帰りなさいますか？」

「早まるな」

〝殿さま〟は、びくりともしなかった。

「仕方もあるまいから、われらのみでやろうというのだ」

「おそれいりました」

五月になった。

すると、沼津藩から使者が駈けつけて来た。

沼津五万石・水野家は、小田原の大久保家と同じ、徳川譜代の大名である。

ここへ、勝や山岡からの指令が行ったものらしい。

「わが藩においても、城を守って官軍と戦うべしとの叫びは、あなた方にも負けませぬ。しかし、わが身の安泰をねがう老臣たちの反対もあり、いま、評定をかさねつつあるところ——いざともなれば、遊撃隊を迎え、ともに戦おうではありませぬか」

と、沼津藩の使者はいう。

とにかく、沼津が遊撃隊をあずかる、ということになったものらしい。

（どちらにしても、東海道へ出ておいたほうがよい）

こう考えたので、伊庭八郎は、これを承知した。

「思うままにせよ」

と、林昌之助は八郎にまかせきりだ。

年齢(とし)は八郎より五つも下の二十一歳なのだが、

（肚(はら)がふとい）

八郎のみか、人見勝太郎なども、

「林の殿さんみてえなのが、幕臣の中にもう少しいたら、何のむざむざ、京都から逃げ出さねえでもすんだものを……」

いまいましげに、江戸の方へ向って、つばを吐きつけたものだ。

五月四日——。

ふたたび、遊撃隊は富士の裾野へ出た。

五日——。

沼津へ入った。

沼津藩の役人たちが出迎え、一行を、沼津城外・香貫(かぬき)村にある霊山寺(りょうぜんじ)へ案内した。

三

来る日も来る日も、雨であった。

霊山寺の本堂にも庫裡(くり)にも、遊撃隊員がびっしりとつまり、

「どうもこの雨には、くさくさするなあ」

「いったい、どうなるんだ」

「江戸では、いよいよ彰義隊が上野へたてこもったというではないか」

「二千名ほどになったという」

「われわれも江戸へ引返して合流したらどうなんだ」

「伊庭さんは、何と考えているのかな」

隊士たちは心身をもてあましている。

たまりかねて、どこかへ逃げて行ったのも、わずかながらいた。

「このままじゃアいけねえ。士気がおとろえるよ、伊庭——」

本山小太郎が、八郎の寝ている小部屋へやって来て、
「いっそ、江戸へ戻っては——」と、いう。
八郎は、床に寝て、じっと眼を閉じたままだ。
沼津へ来てから、また軀（からだ）の調子がいけない。
血こそ吐かないが、発熱がつづいて、食欲もなかった。
「医薬をさし向けましょう」
と、沼津藩でもいってきているのだが、
「その必要はありません。すぐに癒（なお）ります」
断固として、八郎は、これをうけつけなかった。
なに、起きようと思えば起きられるのだが、
(血だけは吐きたくない。もしも、それを一同に見られたら、おれの立つ瀬がないで
はないか)
八郎も強情である。
死病などいうものにとらわれた人間として、はたらくことが厭（いや）なのだ。
「まだ熱っぽいな」
本山が、八郎のひたいに手をあてていった。

「そうか……しかし、顔の色が只事じゃアねえ」

「少し疲れただけのことさ」

「もっとも、ふだんからお前さんは血色のよくねえほうだが……」

「そりゃアそうと本山――昨日、沼津の連中がやって来て聴いたんだが……何でも勝さんは、慶喜公をよび返し、江戸鎮撫の役目につけさせようというので、だいぶ、総督府へはたらきかけたらしいな」

「夢さ」

本山は嘆息をして、

「総督府の奴らは知らんぷりだとよ」

勝安房守は、いまここで、徳川慶喜を終戦内閣の頭にいただこうと考えている。

もうすぐに消えてしまう終戦内閣である。

だから、急いでいる。

慶喜の就任がゆるされれば、徳川家の将来への見通しも、あかるいものとなるわけであった。

(勝さんも山岡さんも、必死なのだろう)

八郎には、よくわかった。

だからといって引っこむつもりはない。

そっちはそっち、こっちはこっちである。

(何、おれたちがいくらあばれたって、前将軍や勝さんに迷惑がかかるわけはねえ。むしろ、その反対だ)

との信念に少しの変りもなかった。

「本山。雨がやんだようだな」

「うむ」

「みんなをあつめろ」

「どうするんだ?」

「久しぶりだ、稽古をつけてやろうよ」

「おいおい、冗談も休み休みいえ。その軀で……」

「稽古で熱をとるのさ」

八郎は、むっくりと起きあがった。

霊山寺は、沼津市の東方にそびえる香貫山のふもとにある。

現在の寺域にくらべると、当時の寺は広大な寺領を有し、いくつもの堂宇がたちならんでいたようだ。

表門からの参道が本堂へ入る中門のあたりに、百三つの観世音像にかこまれた御詠歌堂という六角の堂がある。

この堂の左手が草地になっていた。

そこで、稽古がはじまった。

八郎は白い筒袖襦袢に袴をつけ、木刀をにぎって出て来た。

あつまった隊員たちは瞠目した。

〝白皙の美貌〟という陳腐な形容が少しもおかしくはない伊庭八郎なのだが、青ぐろく沈んだ顔色は、死人のそれであった。

「隊長――」

思わず、宍戸国之助というものが走り出て、

「無茶をなすっては困ります」

と叫んだ。

「ばかアいうな」

にやりとして、八郎が、

「宍戸。おぬしから来い」

といった。

のちに、林昌之助いわく。

「わしも見ておったが……まるで、伊庭は幽鬼のようであったよ。それが、一人、二人と、隊員たちを相手に木刀をふるっているうちに……はじめはおぼつかなかった足もとが、ぴいんと、張りきってきた。

十人、十五人……次から次へと出てくる隊員たちを、ぽんぽん叩きつける。こうなると、隊員たちも血気をもてあましていただけに、もう夢中になってなあ。

何とか名だたる伊庭の剣に一矢をむくいようというわけで、もう蝗のように飛びかかって行くのを気合もかけずに伊庭がなぎ倒してゆくわけだ。およそ一刻（二時間）ぶっつづけにやったものだ。

終ったときには、さすがの伊庭も汗びっしょりになっておったが、不思議なことに……」

ふしぎなことに、その日から八郎の熱が、いっぺんに下った。

「本山。ほうれ見ろ、癒ったじゃアねえか」

笑ってみせたが、八郎はこの稽古に命をかけていたのだ。

倒れるか、それとも病患を押えつけるか……。

そして、押えつけてしまったのである。

上野の彰義隊が、官軍の総攻撃をうけ、一日のうちに敗北し、総くずれとなった知らせが入ったのは、この翌日のことであった。

「もう待てなくなったねえ」

八郎は、林昌之助や人見勝太郎にもはかり、いよいよ、沼津脱出の計画をたてた。

沼津藩も、遊撃隊をあずかっているのは、勝や山岡の依頼があるからである。

表向きは官軍総督府の命によって、ということだが、

「逃がしてやれ」

ということになり、見て見ぬふりをしてくれた。

五月十九日の夜明け前に、先ず、人見勝太郎ひきいる第一軍が沼津をぬけ出した。

つづいて、伊庭八郎の第二軍が出発し、その日のうちに、全軍が、箱根を目ざして進み、箱根の関所へ一里半というところにある山中村へ陣をかまえた。

沼津にいたころから、遊撃隊は、密使を小田原藩へ送り、

「小田原が起てば沼津も起つ。一日も早く決意されんことを……」

要請しつづけてきた。

小田原藩もまだもめていて、はっきりした態度をしめしてはいないが、どうやら主

戦派の勢いが強くなってきたようである。

「この機をのがしてはならぬ」

八郎の決意も、そこへさだまった。

小田原と沼津の両藩が起ちあがれば、東北の会津藩その他の戦力と応じ、江戸の官軍を包囲するかたちになる。

十九日から二十日にかけて、山中を発した遊撃隊は箱根の関所を手中におさめ、請西部隊を迎え入れた。

関所をまもる小田原藩兵は、多少の抵抗をしめしたが、すぐに手をひいた。

箱根三枚橋

一

箱根へのぼる街道は、午後の陽ざしに白く光っていた。

青い空に雲が流れ、あたりの樹林には蟬(せみ)が鳴きこめている。

伊庭八郎は、風祭(かざまつり)の村を外れた街道に立ち、小田原城下の方角をにらみ、

「小笠原、まだ見えぬか？」

左手の崖(がけ)の上によじのぼっている隊員の小笠原正七郎に、何度も声をかけたが、

「まだです」

小笠原の声も苛(いら)だっている。

八郎の後方にひかえている十五名ほどの隊士たちの中から、うめき声がきこえた。

五人ほどが、銃弾をうけて重傷を負っているのだ。

ちらりと見やって、

「森多三郎、いるか」

「おう」

駈(か)けよる森へ、

「お前、二、三人つれて、その手傷のものたちを早く引上げさせろ。湯本の早雲寺(そううんじ)には、先鋒隊(せんぽうたい)がいる筈(はず)だ。急げ」

「はっ」

「間もなく、官軍がやって来る。しかも小田原の藩兵を先に立てて攻めて来る。箱根の関所をうばい返そうというのだ。このことを早く、関所におられる林の殿さんにお知らせしろ」

「承知——」

森多三郎ほか二名が、負傷者をたすけ、犬の仔(こ)一匹通らぬ東海道を箱根へ引返して行くのを見送り、

「まだ見えねえか？」

もう一度、八郎は崖の上へ訊(き)いた。

「見えません」

さすがの八郎も、焦(じ)り焦りしている。

小田原を脱出するときには一緒だった人見勝太郎の隊士のうち十名が、まだ此処まで逃げのびて来ないからであった。

（小田原藩め、どたん場で寝返りゃアがった……）

くやしがったが、どうにもならない。

五日前に箱根の関所へ本陣をかまえてから、小田原藩では、

「こうなれば城に遊撃隊を迎え入れ、共に戦おう」

という気配が、濃厚になっていたのである。

人見勝太郎は熱海沖にやって来た旧幕府・軍艦〝開陽丸〟まで出張し、艦長の榎本釜次郎と種々の打合せをおこなっているほどだし、榎本もまた、

「小田原さえ起ち上ってくれれば、おれもすぐに全艦を相模湾にあつめ、江戸から攻めて来る官軍どもを砲撃してやる」

といってくれた。

小田原でも、藩士たちが次々に本陣へ馬を飛ばして来ては、兵器・食糧をとどけたり、一昨日になると、一個小隊を応援として送りこんできたものだ。

「これでよし!!」

林昌之助も八郎も勇気百倍した。

「小田原藩の決意も、ようやくかためられたものと見えます。私がのりこんでみましょう」

その日のうちに、八郎は、留守中の人見勝太郎組の隊士をふくめて二十六名をしたがえ、小田原へ向った。

「よく来てくれた」

と、主戦派の藩士たちが歓迎してくれたし、事実、藩主・大久保加賀守の命によって、城下は戦闘態勢に入りつつあった。

それなのに、昨夜になって、空気が一変した。

江戸の官軍総督府は、すでに、鳥取藩から中井範五郎、佐土原藩から三雲為一郎というものをえらび、これを軍監として、小田原藩へさしむけていた。

いわば、官軍からの監視役というわけで、遊撃隊が箱根関門をせめたとき、中井範五郎は関所内にあって、小田原兵を指揮していたものである。

この中井を、遊撃隊の堀屋良輔というものが斬（き）った。

同時に、小田原藩でも三雲軍監を追い出してしまった。

官軍に対し、これだけ思いきったことをしていながら、小田原藩は総督府の激怒を知るや、もちあげた腰が、ぶるぶると震えはじめたのである。

官軍総督府は、

「小田原を攻めよ」

と命を下した。

穂浪経度を問罪使に任じ、長州・備前・鳥取・津の四藩から成る部隊を江戸から出発せしめた。

ところが、官軍部隊がすぐそこまで来たというのに、小田原藩では城門を閉ざそうともしない。

またまた、殿さまや家老どもがさわぎ出した。

二十六日になると、怖くなった殿さまは、たまりかねて城を飛び出し、城下の本源寺という寺へ入って謹慎をしてしまった。

これをきいて、

（手もなく慶喜公と同じことだ）

八郎は、びっくりもするし、あきれもした。

殿さまが、みずから家来を放り出して官軍に平伏してしまったのでは、どうにもならない。

小田原城内は蜂の巣を突ついたようになった。

時がたつにつれ、官軍部隊が、ひしひしと城下の要所をかためてくるし、

（これア危い）

八郎も、ぐずぐずしてはいられなくなった。

城の中の空気が、前とは別のものになった。

箱根口の門を入ったところにある侍屋敷に遊撃隊はいたのだが、いつの間にか、この一角に小田原藩士の往来が絶えた。

（いかぬぞ、これは——）

もう少し遅れたら皆殺しになっていたろう。

隊士をまとめて外へ出て見ると、城門が閉ざされようとしているではないか。

「待て」

駈け寄ると、城門をしめかけていた足軽や藩士たちが、悲鳴のような声をあげて逃げ散った。

「つづけ!!」

八郎は全員をひきいて城門を出た。

城内から、小銃の射撃がおこなわれたのは、このときであった。

うかつといえばうかつだが、まさか、これほどまでに、小田原藩が卑怯（ひきょう）なまねをす

るとは思わなかった。

すでに官軍が城内へ入って来ていたのである。

濠端（ほりばた）でも狙撃（そげき）された。

街路を走りぬけて東海道へ出るまでに、五名が射たれ、負傷した。

二

「来た……来ましたぞ!!」

小笠原正七郎が崖の上から、わめいた。

隊士たちのどよめきを後に、八郎は屈曲した街道を一気に駈けた。

小田原の方角から土けむりをたてて、こっちへ近づいてくるは、たしかに遊撃隊士である。

（六名か……）

あとの四名は、ついに逃げきれなかったものと見た。

八郎は、手にした青竹の杖（つえ）を頭上にかかげた。

「早く来い、早く……」

六人が、懸命に走りよって来た。

みんな、抜刀していて、中には顔半分が血まみれになっているのもいる。

「隊長――」

左山精五郎という中年の隊士が、

「四人、やられました。敵は、すぐそこまで押し出して来ていますぞ」

「そうか……」

八郎が舌うちをした、とたんであった。

街道右手下に流れる早川の瀬音を消して、

だ、だあん……。

銃声がひびきわたった。

「来た――」

敵は、早川の対岸の石垣山の裾へあらわれていた。

むしむしと重くたれこめた大気を引裂いて、銃弾が雨のように飛んできた。

左山が、もんどりうって倒れた。

そこへ、五、六人が八郎を追って来て、

「隊長。早く……」

左山を抱えおこし、いま小田原から逃げて来た六名と共に、もう必死で逃げた。

もとの場所へ来ると、待っていた隊士へ、

「早く、湯本へ……」

青竹をふるって、八郎は命じた。

総勢二十三名、いっさんに箱根へ向って走り出したが、山崎のあたりまで来ると、

「隊長、先鋒隊が迎えに来てくれましたぞ」

先頭を走る小笠原正七郎が嬉(うれ)しげに叫ぶ。

なるほど、行手の街道に槍(やり)の穂先をひらめかせ、七十名ほどの一隊があらわれた。

これは、先に小田原藩がよこした応援小隊と遊撃隊が合同した先鋒隊で、湯本の早雲寺に陣をしいていたものだ。

先に負傷者をつれて引上げた森多三郎の口から、急変を知ったものであろう。

双方、声をあげて近寄り、合流をした。

「岡島殿――」

と、八郎は小田原藩兵をひきいる岡島重右衛門をよんで、

「どうなさる?」

微笑を投げた。

「む……」

　岡島も困っているらしい。

「尊藩では、にわかに官軍とやらに加わり、われらを討つべく、すぐそこまで押し出して来ていますよ」

「ど、どうして、このような……」

　冷汗をかいている岡島であった。むりもない。二日前には「お前たちが遊撃隊をたすけに行け」と命じた彼等の藩が、官軍と一緒に攻めかけて来るというのだ。

「かまわん!! やっつけよう」

　と怒鳴る小田原藩士もいたが、それはごく少ない。

　不安そうに顔を見合せている小田原藩兵と遊撃隊とを、八郎は二つに別れさせ、

「岡島殿。ここにおとどまりなさい。われらは、後方にさがって敵を迎え撃ちます。われらにお味方下さろうとも、尊藩部隊へもどられようとも、それは御勝手次第です」

　いいおいて、七十名にみたぬ隊士たちをしたがえ、さっさと行ってしまった。

　山崎の少し先まで来て、八郎は塔の峰の崖の上に銃をもった隊士をしのばせ、二名の伝令を関所本陣へ走らせた。

(ここで寄手を、一度追いのけておいてから、後退したほうがよい。このまま、やすやすと関門まで敵をひき入れては不利になろう)

と考えたからだ。

「敵は三、四倍というところか。迎え撃って一度二度と突きくずしておいて、ひきあげよう」

事もなげにいって、八郎は青竹の杖を放り捨てた。

うわーん……。

というどよめきが街道から迫ってくる。

早川の対岸を進んで来た敵も、渓流をわたって街道の部隊と合流したらしい。

街道沿いに点在する農家や小屋に、木立や草むらに、遊撃隊士たちはかくれた。

この日——。

八郎の肌身に、小稲が手にかけた〝守り襦袢〟がつけられていたことはいうをまたない。

戦闘は、双方の銃撃によって開始された。

互いに撃ちあい、敵が撃ちかかって、

「わあーっ……」

喚声をあげて眼前の街道へあらわれた。

小田原藩兵に、黒い洋軍服の官軍がまじっていた。

「行くぞ」

八郎は、草の中に伏せていた身を起し、猛然と街道へ躍り出した。

「ええい!!」

めずらしく気合をかけて、八郎がいきなり、三人の敵を斬って倒した。

「まるで藁人形(わらにんぎょう)でも斬ったように見えました」

と、大正初年まで生きていた遊撃隊の村井大蔵がのべている。

混戦になった。

小田原藩士たちは、どうも闘志が出ない。

それはそうだろう。

昨日までは八郎たちと肩を叩(たた)き合って談笑した連中もいるのである。

そこへ行くと、江戸から来た官軍の兵は、連戦連勝の勢いもあって、一歩も退(ひ)かずに押し返して来た。

「引けい!!」

ころあいを見て、八郎は隊士をまとめ、逃げにかかった。

「それ、追え!!」

官軍が小田原の連中の腰をたたくようにして、

「賊だ、賊を討てえ!!」

なだれのように、追い迫る。

(何が賊だ!!)

伊庭八郎のはたらきは、すさまじかった。

先頭に立って隊士たちを引っぱり、かと思うと後方に駈け戻っては、

「えい!!」

敵の前面に、ただ一人で打撃をあたえる。

敵からの銃弾が、絶間なく逃げる遊撃隊を襲った。

敵は、早川の流れや対岸の森蔭(もりかげ)にまでまわりこんで射撃をおこなった。

鉛色の雲が、山と山の間の空をおおいはじめた。走り戻っては闘いつつ、

(三枚橋だ)

八郎は、ほっとした。

早川にかかる三枚橋をわたれば、東海道は箱根関所へ通ずる。木立にかこまれた道幅はせまいし、追撃の手もゆるむ筈であった。

橋をわたらずにすすめば、湯本の湯宿が軒をつらねている。

だが、戸をとざした湯宿は、街道から山の斜面へかけて、死んだように横たわっているのみだ。

三枚橋まで来ると、待ちかまえていた味方の銃隊が、いっせいに撃ちはじめた。

「今だ」

敵がひるむすきに、隊士たちの大半が橋をわたった。

敵は、たしかにひるんだ。

ここまで追って来たものも、後から来る部隊と合流して攻めかけるつもりになったのか、一度に退いた。
四、五名が殿りをしている八郎へ斬りかかったが、八郎は島村善太郎、竹内利平と共に、三枚橋のたもとで、たちまちに斬り伏せた。
「行けい」

島村と竹内に、八郎が声をかけたときだ。

向うの山肌にひそんでいたらしい敵が撃ってきた。

「あッ……」

竹内利平が絶叫をあげて、橋板に転倒した。

「竹内――」

引起そうとした八郎へ、ぴゅーんと一発、これが太股(ふともも)をつらぬいた。

（あっ……）

八郎は、がくりと、ひざをついた。

どこにいたのか、小田原の藩士らしいのが一人、このとき、矢のように八郎へ飛びかかって、

「たあっ!!」

躯(からだ)ごと、ぶつけるように刀をふりおろした。

「む!!」

体がきまらぬまま、八郎は無意識のうちに左手で顔をかばいつつ、ころがるように橋板へ身をなげたが……。

「う、う……」

顔いちめんに血しぶきをあびて、八郎が倒れた。

倒れつつふるった八郎の一刀に敵も一撃をうけ、まるで鞠(まり)でも投げたように飛びはなれて、

「く、く、く……」

血と土にまみれて、ころげまわった。

「先生……」

島村善太郎が竹内利平の死体を躍りこえて、八郎を抱き起こした。

八郎の左腕は無かった。

ひじの下から、すぱっと切り落された八郎の左腕の指が、橋板の上で、ぴくぴくうごいていた。

その左腕の、親ゆびのつけねにある入れぼくろは、血によごれて見えなかった。

〝鳥八十〟の板前・鎌吉を、貞源寺の寺男・伊助が訪ねたのは、箱根の戦争があってから、一カ月ほど後のことである。

早朝であったが、鎌吉は、すぐに伊助とつれだち、浅草・松葉町の貞源寺へおもむいた。

伊助の言葉にしたがい、鎌吉は、商家の番頭といった物堅い身なりになって店を出たのだが、もう顔の色は、まっ青であった。

「なるべく、平気な顔つきをして入って下さい。何しろ、毎日のように、怪しい奴ら(やつ)が寺のまわりをうろうろしていやがるのでねえ」

と、伊助がいった。

「わかってる、わかっているよ、とっつぁん……」

「何しろ、伊庭の若先生は官軍のおたずねものだ。お気の毒にねえ」

「負けたンだってね、箱根で……」

「何しろ、お前さん、小田原の連中が裏切りゃアがったとかで……若先生も、箱根から熱海へ出てね、そこで旧幕府の船に乗せてもらって……そっと、江戸へ……本山様が、うちの寺へつれこんだンですよ」

「けれど、とっつぁん……さっきの話じゃ、先生は、腕をやられなすったというじゃねえか」

「へえ……」

「何たらことをしゃアがるんだ、小田原のさんぴんどもは……」

道々、ささやき合いながら、二人は貞源寺へついた。

寺の、ひろい台所の土間の上に張り出したような中二階がある。

いままでは物置につかっていたのだが、ここに伊庭八郎はかくれていた。

瘦せこけて、左腕のない八郎を見たとき、鎌吉はべそをかいた。

「何だよ、鎌吉。泣くンじゃねえ」

と、八郎が笑って見せた。

二人坊主(ぼうず)

一

江戸が〝東京〟とあらたまった。

「ふん、勝手にしやがれ。東京とは何でえ、東京とは……」

〝鳥八十〟の鎌吉の怒りは、絶頂に達したらしい。

「官軍だか何だか知らねえが、することが下卑ていやアがる。なるほど、いまのところ、江戸の町には将軍さまもいねえ、旗本もいねえ。白や赤のシャグマをふりみだしたけだものみてえな奴(やつ)が、勝手気ままに天子さまをかつぎ出し、江戸のお城は乗っ取ったろうが……まだ、負けちゃいねえのだぜ」

と、鎌吉は毒づいたものだ。

七月十七日――。

官軍総督府は、

——江戸を廃し、東京とあらたむ。

——江戸鎮台をやめて鎮守府をおき、駿河以東十三国を管理せしむ。

——烏丸光徳（からすまるみつえ）をもって東京府知事とする。

などの布告をおこなった。

「府知事とは何だ、府知事とは……」

そんなものに尾をふってたまるかと、鎌吉は、

「あいつら、日本の国中をつかみとってから、いいてえことをいったがいい。何でえ、成り上り者が、よってたかって、町の名前まで変えようとしゃアがる。あさましいにも何にも話にならねえ。まるで火事泥じゃアござんせんか、ねえ、先生——」

しきりに、伊庭八郎にうったえるが、

「ふむ……」

八郎は苦笑をもらすばかりで、何もいわない。

夏も、さかりであった。

いまも、八郎は寺にいる。

寺といっても、貞源寺ではない。本所・押上（おしあげ）村の春慶寺（しゅんけいじ）という寺の物置である。

箱根三枚橋で左腕をうしなってから、もう二カ月ほどたっていた。

あれほどの重傷であったのに、

（しかも死病もちのおれなのに……よく癒（なお）ったもんだ……）

自分で自分の躯（からだ）が、ふしぎに思えてならない。

あのとき遊撃隊は、箱根を引きあげ、散り散りとなった。

榎本釜次郎が、熱海の沖へまわしておいてくれた軍艦〝蟠竜丸〟に、八郎は収容されたが、出血もひどいし、

「こりゃア、いけませぬな」

船医の永島竜斎が、榎本にささやいた。

「おまけに、ひどく躯が衰弱しとる。伊庭さんは、病気もちじゃありませんか」

すると、ぐったりしていた八郎が、

「つまらぬことはいわねえで下さいよ。それよりも早く、手当だ手当だ」

叱（しか）りつけるようにいった。

「手当といっても、この……この骨を……」

竜斎は口ごもった。

ひじの下から切り落された八郎の傷口に、切られた骨の先が突き出ているのが、ほうたいの上からでも、はっきりわかる。

この骨を切断する手術が、八郎に耐えられるかどうか、と竜斎は心配しているらしい。

予期される出血に、命がもつかということなのである。

「ふふん……」

八郎は自嘲した。

「ぶざまな格好だ。心形刀流の伊庭が、片腕を切られるなんざ、見ちゃアいられねえ」

「そういうな、伊庭——」

榎本は、しきりになぐさめ、

「おれはな、伊庭。このままじゃアいねえ。海軍をひきいて、いざとなったら蝦夷へでもわたるぜ」

といった。

蝦夷——北海道は、未開の天地である。

そこへわたって、あくまでも官軍と戦おうというのだ。

「一緒に行きますよ、榎本さん」

八郎は半身をおこし、

「この骨が邪魔なんですねえ」

あっという間もなかった。

左肩をあげ、右手に抜きはらった小脇差で、ひじから突き出した骨を、傷口すれすれに、みずから切って落したものである。

永島竜斎が悲鳴をあげた。

こんなことを、八郎は、貞源寺の和尚や鎌吉に一言も、もらしたことはない。

ただ、もう、

「ざまはねえよ」

剣士としての不覚を、恥じるばかりであった。

上野山内にたてこもった彰義隊が、たった一日のうちに押しつぶされてからは、完全に江戸は官軍のものとなった。

江戸にひそむ旧幕臣への探索は、きびしい。

何しろ、幕臣の中にも、官軍総督府へ、ぺこぺこと頭を下げて出て行き、

「探索に協力させていただきます」

などと、いやしい愛想笑いをうかべるやつがいる。

いや、かなり、こうした連中が多いのだ。

こやつらが官軍の〝脱走取締〟と一緒になって、江戸市中を押しまわる。

箱根で旗をあげた伊庭八郎なぞは、

「かならず、見つけ出して斬れ!!」

官軍からの厳命が出ている。

松葉町の貞源寺にひそんでいることも危くなり、八郎が、そのときはまだおとろえていた軀に鞭うって本所のこの寺へ移ったのは二十日ほど前のことである。

この寺の住職・知道和尚は、貞源寺の了達和尚に私淑していて、

「年は若いが、あれならよかろう」

了達が思いきって、うちあけると、

「よろこんで――」

力強くうけ合ってくれた。

或夜、知道が下男と共に貞源寺へ来た。

夜ふけて帰るとき、供の寺男に化けた八郎が、押上の春慶寺へ移ったのである。

以来、鎌吉は〝鳥八十〟から、ひまをとった。

「江戸も成り上りどもの天下になっちゃア、庖丁をとる気もおこりません」

鳥八十の主人には、こういって、ひきとめる手をふりきり、

「それに、伊庭の先生の生死もわからねえとあっちゃア、もう耳をかくのもめんどうくさくなりましたよ」

わざと、こんなことまでいいおいて、鎌吉は庖丁を捨て、浅草・清島町の裏長屋へ入り、それからは、八郎と榎本釜次郎との連絡をとるためにはたらきはじめた。

榎本は、一応、江戸周辺の海を警備せよ——と、官軍から命ぜられている。

何しろ、オランダわたりの新戦艦〝開陽丸〟をはじめ、旧幕府海軍は手つかずに残されているのだ。

東北では、会津も仙台も、越後の長岡も、官軍を迎えて激戦中である。

「榎本に海軍をおまかせありたい」

勝安房守も、下手に刺激してはと考えたものか、西郷吉之助を通じて、

「何しろ血の気の多い男ゆえ、手なずけてしまうまでは……」

と、釘（くぎ）をさしている。

「江戸のことは、勝さんにまかせもそ」

西郷は、終戦内閣・総理のような勝安房を信じきっているらしい。

二

（八郎め、どこへかくれたものか……）

杉沢伝七郎は、江戸中を駈けまわっていた。

杉沢も、いまは、官軍の〝脱走取締〟をつとめている。

主家の松平家も、すでに官軍へ従っていることだし、

「ともあれ、帰って来い。いまのうちに官軍へ投じ、会津攻めにでも加わったらどうか。お前だけの腕前があれば、きっと手柄もたてられようし、そうなれば、世に出る機もつかめよう」

父親の精太夫もいってきているが、

（八郎を斬るまでは――）

意外に、杉沢伝七郎の執念は根づよい。

彰義隊が負けて、逃亡した幕臣が、そこここにかくれているのを、杉沢は片っぱしから摘発して、

「あの男な、役にたつ」

薩摩の将・中村半次郎が、

「戦さな終ったら、おいどんが悪いようにはせぬ」

と、いってくれたりした。

杉沢も、いまでは官軍に顔も売れて来たし、

「いいように、つかえ」

探索費もあたえられ、もと御家人の部下もひきい、肩で風を切って歩いている。

幕臣ばかりでなく、かつては江戸幕府奉行所の下にあって、犯罪摘発にはたらいていた岡っ引の中にも、脱走取締に手をかすものも出てきて、

「今日は、妙なものを見つけましたぜ」

長者町の喜助という岡っ引が、神田・三河町にある元本多豊前守(ぶぜんのかみ)屋敷内の官軍屯所(とんしょ)へ駈けつけてきた。

すでに夏の空が暮れかかっていた。

この屯所の中に〝脱走取締〟の詰所があり、ちょうど杉沢伝七郎も居合せ、

「どうした？　喜助」

杉沢が訊(き)くと、

「あ——杉沢さまなら御存知の筈(はず)だ」

「何が？」

「鳥八十の板前で鎌吉というやつのことで――」

「何……」

杉沢は思わず立った。

鎌吉の顔は見たことがない杉沢だが、名はきいている。

上野山下の料亭〝鳥八十〟は伊庭八郎ひいきの店だし、板前・鎌吉の名を八郎が、

「あいつ、いい奴でな」

というのを耳にはさんでいる伊庭道場の門弟も少なくはない。

かつては、伊庭道場の代稽古(だいげいこ)をつとめた杉沢伝七郎である。

八郎と鳥八十の関係は、すでに知っていた。

「そやつが、どうした？」

「へえ……」

喜助は、しゃべりはじめた。

喜助も、伊庭道場とは目と鼻の先の長者町に住む岡っ引だ。

八郎と鎌吉が連れ立って歩いているのを見かけて、

「こりゃア若先生、いいお天気で――」

とか、

「鎌吉、お前、若先生にたかっちゃいけねえよ」

とか、地まわりの岡っ引らしい声をかけたりして、

「変なところで顔を売りゃアがる。けッ、岡っ引なんてえものは、みんな、ああいうやつにかぎるてえのは、どういうもんでしょう」

と、鎌吉が、いまいましげに八郎へささやいたこともあった。

この日――。

喜助は、本所界隈（かいわい）を、うろついていた。

少し前に、彰義隊をひきいていた天野八郎が、本所・石原町の炭屋文次郎宅にかくれていたのを発見され、官軍に捕えられたことがある。

それからは、本所一帯に探索の目があつまり、事実、脱走幕臣も、かなり発見された。

「柳島の堀左京亮（さきょうのすけ）さま屋敷に、脱走兵がいるなぞという聞きこみがありましたんで、そっと、さぐりに行きましたが、こいつは嘘（うそ）っ八（ぱち）で……」

と、喜助は、

「帰りは、亀戸へ出て、天神橋をわたり、まっすぐに、法恩寺前の通りをやって来ま

すとねえ、向うからその、鳥八十の鎌の野郎が……」

「来たのか？」

「へえ……一目見て、こいつはおかしいと思いました」

「ふむ……」

「こっちは、すぐに身をかくしましたから、向うにゃアわからねえ。やりすごして、すぐに後をつけました。というのも旦那（だんな）、あっしの頭にゃア、ぴいんと伊庭の顔がうかんできましたんで――」

「それから、それから――」

杉沢は、目の色が変っていた。

「へえ。するとね、鎌の野郎、押上の春慶寺という寺へ入りました」

「きさま、なぜ見張りを……」

「御冗談。ぬかりはありませんや。子分の仙次郎を見張らせてあります。鎌の野郎が出て来たら、後をつけろといってあります」

「そうかよし。そうか、そうか」

「鎌の居どころがわかったら、ふみこんで引っつかまえ、この屯所へ引立ててきて、こうなりゃア軀を痛めつけ、何とか泥をはかせようというわけで――」

「手ぬるい」

杉沢伝七郎は、あたりにいた部下七名ほどをあつめて、

「喜助、案内しろ。その寺へふンごむのだ。おい、今日江戸市中のどこでも、官軍の手をこばむものは何一つないのだぞ!!」

わめきたてた。

三年前に、吉原堤で、八郎の木刀に叩(たた)きのめされたとき、杉沢の両眼に飛びこんできた八郎の冷笑を、

(くそ――)

いまも、杉沢伝七郎は忘れない。

さっと、その冷笑を感じた瞬間に、杉沢は八郎の木刀を喉(のど)にうけていたのだ。

三

杉沢たちが、押上へ駈けつけたときには、とっぷりと暮れきっていた。

風も月もない夜であった。

「どうした、仙次郎……」

びっしょりと汗をかいた喜助が、春慶寺前の木立にひそんでいる子分に声をかけると、

「まだ、出て来ません」

蚊にくわれて、しゃがみこんでいた仙次郎が頬をふくらませ、

「ひでえや親分、蚊に……」

「馬鹿野郎」

叱りつけた喜助が、

「誰も出入りはなかったのか?」

「若い坊主が、暗くなってから二人、出て来て、どこかへ行きましたよ。坊主のくせに酒エくらやアがって……これから女を抱きに行こうなんて大きな声でぬかしゃアがって、畜生……業平橋のほうへ行きました」

「たしかに二人、坊主だったんだな?」

「二人とも、頭をまるめて、ちゃアんと衣をつけてさ。どうにもふてえ生ぐさ坊主だ」

これで、鎌吉がまだ寺にいるということになった。

「かまわぬ。ふみこめ」

杉沢伝七郎を先頭に、どやどやと寺内へ押し入り、

「官軍総督府の命によって、あらためる」

杉沢は抜刀した。

片腕のない八郎なら、負けるはずはない。

(今度こそ叩ッ斬ってくれる)

さがしまわったが、鼠一匹出て来ない。

「鎌吉という町人が入ったはずだ」

問いつめても、住職の知道は、

「ひろい寺内へ誰が入ろうと知ったことではない。子守っ子も入るし、鼻たれ小僧も、とんぼをつかまえに入ってくる。気のすむまで、おさがしなされ」

びくともしない。

ついに、夜があけるまでさがしまわった。

あとで、このことをきいた鎌吉が、せせら笑った。

「そんな岡っ引だから泥棒一人つかまえられねえのさ」

かくし酒に酔った坊主二人が寺から出た、この二人こそ、伊庭八郎と鎌吉であった。

別に後をつけられたと知って逃げたわけではない。

はじめから、この夜に逃げるつもりであったのだ。

鎌吉は寺へ入ると、それこそ本当に頭を剃ってしまった。

まだ日のあるうちに鎌吉の顔を見ていた仙次郎も、これを見逃がしてしまったわけだ。

八郎は、何と芝居でつかう青坊主のかつらをつけた。すべて鎌吉の才覚であった。

だらんとたれ下った左腕の方へ、ぴったりと鎌吉が身をよせ、

「良順どの。こり場の夜鷹によい女子がおる。そこへ御案内しよう」

などと、ふざけ半分にいいながら門を出て来たのを見て、仙次郎はうたがうべくもなかった。

あたりが暗くなったためもあって、目を皿のようにしていたのだが、まんまと見のがしてしまったのだ。

「どこへ隠した？　いえ、いわぬか」

いくら杉沢が怒鳴っても、知道和尚は、

「わからぬお人だ」

まったく取り合おうともしない。

まさか、知道を屯所へ引立て、拷問にかけるわけにも行かなかった。

こえて八月十九日の夜――。

榎本釜次郎は、軍艦八隻（せき）をひきい、江戸湾から脱走した。

伊庭八郎は〝美加保丸（みかほまる）〟に乗っていた。

鎌吉は、いくら八郎が「足手まといになるから……」といっても、きかなかった。

坊主頭の鎌吉は長脇差を腰に、

「死んでもはなれませんぜ」

といった。

この夜、風はかなり強かったが、片割月が空に浮いていた。

四日後、艦隊が犬吠埼（いぬぼうさき）の鼻へかかったとき、暴風雨が来た。

各艦とも曳綱（ひきづな）を切られ、はなればなれになって、風と雨と波に翻弄（ほんろう）されつくした。

「こりゃア、沈むね」

八郎は船艙（せんそう）に横たわったまま、しずかに、つぶやいた。

横浜伸天塾

一

暴風雨は、まる二日もつづいた。

艦隊は、それぞれ曳綱によって集結し、風浪と闘ったが、たちまちに綱を切られて、散り散りに押し流された。

咸臨丸は、伊豆の下田まで流されたし、これを救わんとして後を追った蟠竜丸は、清水港へ、かなりの破損をうけて共に入港した。

「急げ!!」

二艦の修繕に懸命となったが、なかなかに、はかどらない。

そのうちに、官軍が軍艦をさしむけてきた。

両軍、戦ったが、咸臨丸は官軍に没収され、乗組の将士は戦死、または捕えられてしまった。

これより先、蟠竜丸が修理完了し、榎本艦隊の後を追って清水港を出て行ったので、この方は間一髪の差で助かった。

だから、八隻のうち二隻が、その乗組員と共に暴風雨の犠牲となったわけだ。

一隻は咸臨丸である。

次の一隻が、伊庭八郎の乗った〝美加保丸〟であった。

美加保丸は、銚子の沖合で暗礁に乗りあげてしまい、大破、沈没した。

乗組員の多くは溺死し、ようやく銚子海岸にたどりついたものも、官軍に捕えられるものが多かったという。

(伊庭八郎は、清水港にもいなかったし、美加保丸のときにも見えなかったというが……)

杉沢伝七郎も、

(おそらくは、伊庭も榎本たちと共に江戸を脱出したにちがいない)

と、一時は見きわめをつけていたようだが、

(片腕で……しかも、あの男は一度も、おれたちの目にふれていないし……)

もしやしたら、箱根から逃げたのち、どこかで、ひっそりと死んでしまっているかも知れない、などと思えてもくる。

（しかし……？）

本所界隈を、鳥八十の鎌吉が、うろついていたというのが、どうも気にかかる。

春慶寺の和尚も、こちらには何の証拠もあたえなかったが、

（たしかに、何かある）

杉沢伝七郎は、落ちつかなかった。

八郎が生きていれば、この手で斬らねばならぬ。

人が、怨恨にかける情熱ほど、複雑で根づよく、すさまじいものはない。

杉沢は、かつて自分にかけた期待と自信が、不当に大きかった。

それだけに、そのすべてが八郎の一撃によって、たたきつぶされ、しかも恥辱が衆人の目にさらされたことに耐えきれないのである。

杉沢自身がまねいたことなのだが、

（八郎のために、おれは世に顔向けならぬ羽目へ追いこまれたのだ）

叩きつけられ気絶までして、ごていねいに主家へかつぎこまれ、恥をさらした。

これが、たまらないのだ。

杉沢の虚栄であった。

〃虚栄〃が〃うらみ〃にむすびついている。だから、杉沢の〃うらみ〃は日毎にふく

らむばかりで、

（うぬ——）

八郎の冷笑を思い出すたびに、杉沢は居ても立ってもいられなくなる。

九月も末になって、八郎の行方不明にいらいらしている杉沢伝七郎は、思いがけないことをきいた。

伊庭八郎らしい男が、横浜にいるという情報が入ったのである。

横浜は、旧幕府と諸外国との通商条約がむすばれ、その開港場として、この数年間におどろくべき発展をとげている。

外国の公使館を中心とした港湾をかこむ町々には、日本の商家も軒をつらね、周辺の入海や沼、川などが、どしどし埋められており、

「三日見ぬうちに町の様子が、まるで変ってしまった」

などと、江戸から来る商人が冗談にもいうほどであった。

官軍は、江戸と共に、横浜の旧幕府機構も接収した。

奉行所は〝神奈川裁判所〟となったし、官軍総督府から総督や判事がのりこみ、旧幕府時代の役人たちを支配している。

警備もやかましくなった。

脱走した幕臣が逃げこんだという形跡もあるし、事実、捕えられたものもかなりいる。

「妙なことをききこんだんで……」

例の、長者町の喜助が屯所へやって来て、

「神奈川宿の平蔵てえ仲間が知らせてくれたんですがねえ。横浜に片腕の美い男がいるそうですぜ」

「何……」

杉沢は、のみかけていた冷酒の茶碗を土間へ放り捨てた。

喜助の話によると……。

横浜・太田町に〝伸天塾〟という外国語を教える小さな塾があって、ここに半月ほど前から若い侍がころげこみ、一日中どこへも出ずに、奥の一室へとじこもったままだという。

この侍の左腕がないことを発見したのは、塾生たちで、

「いったい誰だろう?」

「上野の戦争から逃げて来た御家人かも知れないぞ」

と、うわさし合った。

塾生といっても、横浜の商家の子弟が多い。

「先生に迷惑がかかってはいかんから、あの侍のことは口外しない方がいいよ」

「そりゃアそうだね」

互いにそういってはいても、やはり、どこからとなく外へもれた。

これを、毎日のように横浜へ出入りしている神奈川の平蔵が、ききこんだというわけだ。

伸天塾の先生を、尺振八（せきしんぱち）という。

おもしろい名前だが、本名であった。

しかも、元はれっきとした幕臣であるときいて、杉沢の眼が、するどく光った。

「喜助、横浜へ行くぞ」

杉沢伝七郎は、部下五名をしたがえ、その日のうちに江戸を発（た）った。

すでに秋は深い。

東北では、会津藩も仙台藩も、米沢、長岡の諸藩も、官軍の攻撃に降伏してしまった。

これらの戦いに敗走した将兵をも収容しつつ、榎本釜次郎は北海道・箱館（函館）へ上陸し、これを占領した。

官軍に抗戦する旧幕軍は、ついに、北海の地へ脱走した榎本艦隊の将兵のみとなった。

そして――。

この年、慶応四年は、九月八日をもって改元され、明治元年となったのである。

二

「伊庭さん。うまく行ったよ」

その日の朝から外出していた尺先生が、昼すぎに帰り、八郎がひそんでいる裏二階の、物置のような小さな部屋へ入ってきて、

「明日の夜、フランス波止場から箱館へ向う船が出るそうだよ」

と、いった。

「ほんとうですか、尺先生」

「うむ。そのかわり、お前さんからあずかった金三十両、根こそぎ、通弁の酒井伝次郎にとられてしまった」

「とんでもない。それじゃア先生にお礼をすることが出来なくなってしまいました」

「馬鹿(ばか)をいいなさんな」

尺振八は、苦く笑って、

「見そこなっちゃアいけませんよ、伊庭さん。私も、これで幕臣のはしくれだったのだからねえ」

「おそれいりました」

伊庭八郎は、心から頭を下げた。

外には、風が鳴っていた。

もう冬の風だといってよい。

二人は、しばらく黙っていた。

波止場へ出入りする船の汽笛が、この太田町にも、はっきりときこえてくる。

八郎が、横浜へ来てから、もう一カ月になっていた。

本所の春慶寺が、尺振八の菩提寺(ぼだいじ)であり、したがって知道和尚と尺振八とは、ごく親しい間柄であった。

尺家は、禄高(ろくだか)百俵の幕臣であるが、文久元年に旧幕府がフランスへ使節団を送ったとき、尺振八は二十三歳で、この中に加わっている。

役目は〝通弁出役〟というので——つまり通訳であった。

この若さで、フランス語がぺらぺらであったのだから、尺振八は、なかなかの秀才であったといえよう。

細おもてで、眉も眼も鼻も口も、みな細く長い尺振八の写真が、いまも残っている。

江戸育ちのきかぬ気性で、上役と喧嘩をして撲りつけた、などということは数えきれない振八なのだが、

「尺がおらぬと困る」

通訳として才能は非凡なもので、幕府も、ともすれば狷介だと見られがちな尺振八を、かなり優遇したようであった。

「私アね、きらいな奴は、とことんきらいさ。そのかわり、好きな奴には命をやるねえ」

これが、振八の口ぐせであった。

官軍が江戸へ入る前に、振八は、

「駄目だ、駄目だ。このまま江戸にいて、みじめな思いはしたくねえ」

さっさと新開地の横浜へ、妻のまさをつれて引き移ってしまった。

尺振八は、伊庭八郎より四つ上の三十歳であった。

振八は老け顔で、見たところ、三十五、六に見える。

鼻下にうすい髭をはやしていて、

「家内が、はやせというのでねえ」

八郎には、こんなことをいったものだ。

知道和尚は、この前に一度、横浜へ足をはこび、八郎のことをたのみこんだが、

「伊庭さんの人柄はきいています。何とかおひきうけしてもよいが、これから先、あの人は、どういうふうに身のふり方をつけるつもりなんですね？」

と訊いた。

「わしにはわからぬ。本人からきいてもらいたい」

「ようがしょう。ひきうけました」

一も二もなかった。

坊主に化けた八郎と鎌吉が、横浜へ来ると、

「伊庭さん。名うての色男が台なしですなあ」

振八は笑ったが、

「これから、どうなさる？」

「榎本釜次郎の後を追うつもりです」

「まだ戦う気ですかえ？」

「はあ……」

「やめたらどうです」

「やめて何をします？」

「私が、フランス語ならびにイギリス語てえものを教えてあげましょう」

「それで、どうします？」

「世の中が落ちつくのを待つのだねえ」

八郎は、ていねいに頭を下げた。

「ありがとう存じます」

「じゃア、私のいう通りにしなさるか？」

「いえ……」

八郎が首をふった。

「尺先生のお心入れにお礼を申しましたまでです。私は、榎本と共に戦います」

「伊庭さん——」

「は——？」

「形勢は、きまったよ」

「わかっておりますよ」

「この上に、無益な戦さをすることはあるまい。もっとも私なんざ、生れてこの方、腰の刀をぬいたこともねえ男だ。あんたのような剣の達人に口はばったいことはいえねえ。が、しかし……しかしだ、伊庭さん。物は考えようじゃアねえのか。そりゃア、私も薩長の奴らのすることは憎い、口には勤王勤王と立派なことをとなえているが、しょせんは、うらみさ。二百何十年もの間、徳川将軍に頭を押えられていたうらみが爆発したにすぎねえ。それが証拠にはだ、慶喜公の大政奉還を、奴らは土足にかけて踏みにじってしまった。あそこで、奴らが両手をひろげ、徳川家と共に新政府をつくりあげようという気になったら……おそらく、伊庭さん。あんたの左腕も飛んじゃアいなかったろうよ」

一気にまくしたてておいて、

「そこでだ」

振八は、ぎゅっと八郎の右手をつかんだ。

「こうなったからといって、これからの日本が、眼の青い、毛の赤い外国人の中へ出て行き、何とかうまく、生きぬいて行かにゃアならねえことは、あんたも御承知のことと思うが……」

「はあ……」

「学問は、いつまでも生きるよ」

「その通りですな」

「何だ、わかっているくせに……」

「尺先生」

八郎は、すわり直し、

「いまの世には、先生のような方と、私のような者との二通りが、あってよいのではありませんか」

といった。

三

徳川家の身代は、約六百万石といわれている。

それが、わずか七十万石にけずられてしまい、駿府（静岡）へ押しこめられたのだ。

水戸に引きこもっていた徳川慶喜も、いまは静岡へ移り、伊庭軍平も、おそらく慶喜と共に静岡へおもむいたに違いない。

六百万石で養われていた徳川の家来は、もう食べてはゆかれなくなること、必然であった。

北海道へ脱走した榎本釜次郎の意志は、次のようなものである。

一　徳川家の封禄（ほうろく）が激しくけずられたため、衣食に困った旧家臣を北海の地にあつめ、もって産業をおこし、皇国のために役立てたい。

一　ゆえに、未開の地・北海道を徳川家にたまわりたい。

一　この悲願がきき入れられないとあれば、あくまでも北海の地にたてこもって戦わざるを得ない。

この趣意書は、箱館へ入港したイギリス・フランス両軍艦の艦長を通じ、官軍総督府へ差し出してある。

「当然の要求なんだが、おそらく官軍には通じまいよ」

と、尺振八はいうのだが、

「通じなくてもいいのですよ」

八郎は微笑し、

「私はねえ、薩長の奴らばかりが日本人だということになったら、困ると思いますよ。

徳川三百年の治政の是非はともあれ、ともかく慶喜公は、戦争をふせごうとなされ、みずから、すべてを投げ出されたので。このことを後の世にまで、わかってもらいたいと、私は思いますねえ」

「ふむ……」

「負けることは、わかっていますが……だが、いいのですよ。徳川が豊臣をほろぼして天下をつかみとったときもそうなんだが……つまり、時世のうつりかわりの境目というやつは大切なものなんでねえ……こういうときに、いろいろな人間が、どのような善と悪と、白と黒とを相ふくんで生きてきたか、こいつだけは、はっきりさせておきたいのですよ」

「わかる、ような気がする」

「このまま、じいっと頭を下げて、官軍のいうなりになってしまえば、奴らのしたことの、全部の全部が、正しいことになってしまいますからねえ」

「わかった!!」

このとき、おどろくような大声で、尺振八が叫んだものだ。

「何としてでも、あんたを蝦夷へ送ってみせるよ」

それから、振八の活動が始まった。

横浜の外国船に乗せて八郎を送り出す、これは密航である。

フランス公使館出入りの通訳・酒井伝次郎は煮ても焼いても食えぬ男だが、

「金を出したものは裏切らねえ奴でね」

と、振八は、もっぱら酒井を通じて、八郎の密航計画をすすめてきた。

〝伸天塾〟の門弟は十二人ほどだが、裏二階に誰かがかくれているということを、いつまでも隠しておけるわけでもない。

手洗いにおりてくる八郎を見かけた者も出てきたし、

（人の口をふさぐことはできねえ。何とか早く……）

尺振八は、懸命に奔走をした。

その甲斐があって、箱館へ行くフランスの商船に、八郎は乗りこむ手筈がついたのである。

出帆は夜の九時だという。

その前に、振八は、鎌吉をつれて、もう一度、外へ出て行った。

鎌吉を通弁の酒井に引き合すためである。

「航海長のピエルというのが万事のみこんでいる。九時前に、フランス波止場へ来てくれ。私が伊庭さんをピエルに引き合せよう」

酒井は、こういって、

「尺先生の口ぞえがあったから三十両で引きうけたのだ。ありがたいと思ってくれ」

にやにやといった。

尺振八と鎌吉が太田町へ帰り、それから、送別の宴がおこなわれた。

「餞別だ。とっておいて下さい」

尺振八が、洋傘を一つくれた。

「フランス製ですぜ。古ぼけてはいるが、蛇の目と違って丈夫なもんだ」

「いただきます」

八時になった。

八郎も鎌吉も町人姿になり、太田町の民家を辞した。

尺の妻まさが涙ぐんで、十六貫もあるふとった軀をもみ、

「伊庭さん、右腕ひとつで……」

声をのむのに、振八が叱りつけた。

「ばか。伊庭さんにゃア腕一本でたくさんだ」

八郎と鎌吉は、暗い夜の道を歩いた。

まだ、灯影の残っている本町の裏通りまで来て、急に、八郎が足をとめた。

「先生。どうなすったんで？」

「鎌吉」

八郎が、あわただしくささやいた。

「おれにかまわず、早く逃げろ」

北海へ

一

そこは、本町四丁目と南仲通りの間にある道であった。

ここをつきぬけて大通りへ出ると、目の前に町会所があり、そこに番所がある。

この番所をぬける通行証も、鎌吉は、通弁の酒井から手に入れてあった。

いま一息で、波止場へ、というところで、

「見つけられたらしい。今夜はいけねえ、早く逃げろ」

八郎は、右腕をのばし、鎌吉の持っていた提灯(ちょうちん)をひったくって灯を消した。

「けど、先生……」

片側は商家の裏側で、片側は土蔵や石置場などがつらなっている細い道である。

「早く……」

また八郎が、いいかけたときだ。

左の石置場にひそんでいたらしい黒い影が四人、あっという間もなく走りよって、

「伊庭八郎、神妙にしろ」

いきなり白刃を叩きつけてきた。

捕えるためではない、斬るためなのである。

(杉沢だな……)

ちらりと胸にひらめいたが、次の瞬間には、八郎の軀が燕のように幅一間半ほどの道をななめに疾って、

「ぎゃあ……」

黒い影の一つが、刃を放り出して倒れた。

八郎の右手一本につかまれたフランス洋傘の突端が、そやつの顔のどこかを突き刺したのだ。

「鎌吉、逃げろ」

「大丈夫です」

二人は、右に折れ、思いきって路地をぬけ、本町の大通りへ駈けた。

軒をつらねた商家も戸をおろしているが、そこここに、うどんや稲荷ずしを売る屋台などが出ていて、その灯影に、商家の若い者が店をしまったあとの立ち喰いをして

いる。

大通りへ飛出した八郎と鎌吉へ、

「逃がすな!!」

別の数名が立ちふさがった。

「杉沢か……」

「おう」

前へ出た杉沢伝七郎が、

「覚悟しろ」

ぎらりと抜刀した。

「ふん……」

八郎はせせら笑って、

「杉沢。お前のやることは相変らずだねえ」

「何……」

「卑怯者（ひきょうもの）は、いつまでたっても卑怯者だということさ」

「黙れい」

びゅっ……と、風をまいて杉沢の一刀が、八郎の頭上へ襲いかかった。

飛び違って、これをかわすと、

「鎌吉、逃げろ」

八郎は声をかけ、たたみかけて斬りこんでくる杉沢の打ちこみにさからおうとはせず、するりするりと飛びはなれつつ、機をつかんで、左側の商家と商家の路地へ逃げこんだ。

「追え!!」

「斬れ、斬るのだ!!」

どこかで呼子がきこえた。

杉沢も、今は官軍の〝脱走取締〟である。横浜の役人たちも出張っているらしい。

あたりが騒然となった。

尺振八の家にひそみ、一歩も外へ出なかった八郎だけに、横浜の町は、まったく不案内であった。

鎌吉も、どこへ逃げたか、わからない。

八郎は夢中で駈けた。

路地から路地へ——空地や草地をえらんで闇(やみ)の中を走るうちに、

「あっ……」

突当りが、掘割であった。

その向うが田圃(たんぼ)と雑木林で、右手の彼方(かなた)に、ぱあっと灯があかるいのは港崎(みよざき)の遊廓(ゆうかく)なのだが、それを八郎が気づく間もなく、

(来た……)

背後にせまる追手の足音をきき、八郎は思いきって掘割の中へ飛びこんだ。

水は腹のあたりまでしかない。

水をかきわけて対岸へのぼりかけたが、

(いかぬ……)

掘割沿いの道を提灯が、いくつも走って来る。

完全に包囲されたらしい。

(これア、もう、いけねえかなあ)

がくりときた。

洋傘の柄をつかんだまま、八郎は暗い水の中を必死で進んだ。

「あそこにおるぞ」

「それっ」

両側から走って来る提灯は、合せて、二十にも三十にも見える。

（杉沢につかまって、首をはねられるのか……）

だが、その前に、八郎は洋傘の尖端を自分の喉へ突き刺すつもりで、よろよろと左側の岸へはいあがった。

そこは小さな空地である。

向うに町家の屋根が見えた。

空地を駈けぬけて、

（しまった）

行きどまりである。道はなかった。

八郎は目の前の家の裏木戸を押しあけ、その家の裏手戸口へ軀をぶつけて行った。

この家の中を駈けぬけて、向う側の道へ出るつもりであった。

戸が倒れ、八郎がおどりこんだ。

家の中には、まだ灯がともっていた。

中年の夫婦と娘が一人、八郎を見て悲鳴をあげた。

「ゆるされい」

一礼して台所の、小さな家にしてはいやにひろい土間を走りかけたとき、

「あっ。あなたさまは……」

その家の娘が、たまぎるような叫びをあげたものだ。

「え……？」

ちらりと見て、伊庭八郎は、

「おお……」

思わず、微笑をした。

「あのときの……」

二年前の夏――京都から大坂へもどる途中、伏見稲荷の茶店で、二条城づめの旗本が手ごめにしようとしたこの娘を、八郎が助けたことがある。

そのとき、茶店の老夫婦と共に、喀血（かっけつ）をした八郎を介抱してくれた、あの娘であった。

「急ぐ。ここを通らせてくれ」

行きかけて、八郎は立ちすくんだ。

表の通りを走る追手の足音と、波止場をはなれて行くらしいフランス商船の汽笛の音を、同時にきいたからである。

二

その夜から、十日ほどたった。

冷めたい雨が前日からしとどに降りしきっているその日の昼下りに、江戸・吉原の引手茶屋〝梶田や〟の裏口から、稲本の小稲が入って行った。

ひっつめ髪に、地味な、その辺の煮売屋の女房のような格好になり、小稲が稲本楼とは目と鼻の先の梶田やへあらわれたのである。

〝梶田や〟から、そっと呼出しをかけたのは、鎌吉であった。

遊女が昼日中に、たとえ廓中のどこにせよ、一人で出歩けるわけのものではないし、それは〝御法度〟というものだ。

こうした小稲の行動のうしろには、稲本の主人・庄三郎夫婦の特別なはからいがあったと見てよい。

〝梶田や〟は、鎌吉の親類すじにあたる。このほうは心配なかった。

〝梶田や〟の二階奥の小部屋で、鎌吉は、小稲を迎えた。

「あ、おいらん……」

「鎌はん」

小稲は飛びつくように駈け寄って来て、

「い、伊庭さんは……伊庭さんは、どうなすって……」

「いま話しますよ。それよりもおいらん、ずいぶん、やつれなすったねえ」

この春に別れたきり、ぞっとするようなうわさだけは耳に入るが、小稲にとっては音信不通、行方不明の伊庭八郎なのである。

「鎌はんもひどい格好……」

髪もはえそろわぬ頭をして、しかも、うすよごれた衣をまとった鎌吉は、まるで願人坊主の出来損いといったところだ。

「笑っちゃアいけねえ」

「それで、伊庭さんは……」

「横浜においでで――」

「まあ……」

「横浜に、小さな佃煮やの店を出している、その家にかくれておいでなんで……」

「つくだにや……」

「へえ。そこの娘さんをね、何でも先生が、京都においでのころ、危いところを助けておやんなすったとかで……まったくもう、その娘さんに出会わなけりゃア、先生もおしまいでござんした」

あれからのことを鎌吉は小稲に語ってきかせた。

「逃げるときは、二人ばらばらでしたがね。あっしも一時は足にまかせて本牧まで逃げましたが、二日ほどたって、そっと、いま話した尺振八先生のところへ忍んで行くと、おどろいたじゃござんせんか。伊庭先生からも、その日の朝、これこれいうところにかくれていると、知らせがあったというんで……」

「まあ、よかった」

小稲の眼からは、熱いものがふきこぼれている。

「その佃煮やの娘さんが、尺先生のところへ知らせに来てくれたんだそうで……あっしも、すぐに飛んで行きました。あの夜以来、横浜もうるさくて危ねえのは承知だが、さいわい、あっしの面は、あまり知られていねえし、この頭のおかげで二役も三役も早変りがつとまるてえ寸法で……」

何だか、鎌吉も声がつまってくるのだが、一生懸命に冗談をいった。

「おいらん……」

ややあって、かたちをあらため、

「先生から、おいらんへお願いがござんす」

と、鎌吉がいった。

「わかりました」

うてばひびくように、小稲が、

「そのお金、急ぎますかえ?」

鎌吉は、びっくりしたようであったが、

「四日の間に……というなあ、先生は、とうとう、そのフランスの船に乗りそこねました。だがねえ、また尺先生がはたらいて下すって、いいあんばいに、こいつも蝦夷へ向う何とかいう国の船へ乗りこめるよう、手筈がついたんで……」

その商船はプロシャのものであった。

これも、通弁の酒井伝次郎が顔をきかせ、密航のことを取りはからってくれたのだが、やはり金がいる。

「フランスよりも高いのですぜ。よし、今度は私は一文もいらねえ——ですが、やはり三十両はいりますよ」

と、酒井は尺振八にいった。

振八先生も清貧に甘んじている方だから、たくわえもない。八郎も、ふところ金の

二、三両しか残ってはいない。
「こんなことはしたくはねえが……もう、小稲にたのむより道はねえ。ほかにも道はあるが、足がついちゃアおしまいだ」

と、八郎はいった。

伊庭の屋敷にも、今は十両の金も危いところだ。

駿府（静岡）へ行っている父の軍平が戻るまでは、

（養母上も、おつやも、台所に苦労していることだろう）

それを考えると、八郎も居たたまれない気もちになる。

鎌吉が、前にさぐり出したところによると、例の門弟の新井千代吉が、

「先生や、若先生が帰られるまでは、何としても――」と、非常な意気ごみで、本所緑町の家をひきはらい、妻女と二人の子供ぐるみ、伊庭邸へ引移ってくれたらしい。

（新井がついていてくれる。まことに、ありがたいことだ）

新井が血気にまかせ、彰義隊へなぞに加わらず、道場を守ってくれているのは、いつか八郎が上洛に際して、

「おぬし、道場をたのむよ」

鳥八十へよんで、手をついてたのんだことを彼が、ふかく胸にたたみこみ、江戸の

侍らしい律義さを強固に押しつらぬこうとしてくれていることだ。

「毎日、御徒町の道場には竹刀の音が絶えないという話で……」

鎌吉が、こんなことをききこんで来た。

弟の猪作のみを相手に、新井は日々の稽古を欠かさぬらしい。

このことを耳にしたとき、

（ようし。おれも榎本さんと行を共にしよう）

八郎の決意が、はっきりときまったのだといわれている。

三

鎌吉と小稲が〝梶田や〟で会ってから二日後の昼すぎ、坊主姿の鎌吉が、また梶田やへ忍んで来た。

間もなく、小稲も来た。

その日も、まだ雨がつづいていた。

「日がないので……」

と、小稲は胴巻に包んだ金を鎌吉の前へおいて、

「五十両しか……」

　うつむいた。

　鎌吉は両手を合せた。

「助かります、助かります」

　小稲は手をふって、

「伊庭さんに、小稲が、お礼を申していた、と、つたえて下さいよ」

「え……？」

「あたしに、わざわざ、このお金を……その心が嬉しい、ありがたいんです」

　小稲は、この日、涙を見せなかったが、

「ああ……会いたいねえ」

　身をもむようにして、つぶやいた。

「おいらん……」

　今度は、鎌吉が風呂敷包みを出した。

「こいつは、先生から、おいらんへ……」

「え……？」

　ひらいて見て、小稲の顔が硬直した。

血と汗に汚れた、あの〝守り襦袢〟が、そこにあった。

「鎌はん……」

「へえ……」

「伊庭さんは、蝦夷へ行って、もうお帰りにならないつもりですねえ」

鎌吉は顔をふせて、答えなかった。

血の気のひいた死人のような顔の色になったまま、小稲は、

「伊庭さんが、帰らないときめたら、きっと、帰りますまいねえ」

鎌吉の肌が寒気だつような声であった。

雨の音の中で、二人とも、いつまでも黙り合っていた。

やがて、梶田やの女中が、そっと襖をあけ、小稲に目顔で知らせた。

あまり長居は出来ぬ小稲なのである。

女中が去ってから、小稲が、今まで知ることがおそろしくて、鎌吉にも訊きかねていたことを、ついに、

「あの……伊庭さんは、箱根の戦さで、片腕を斬落されたという江戸での評判……その腕は右手とも左手ともいわれているが……どっちでござんす」

するどく、鎌吉を見つめたものだ。

いささかの躊躇（ちゅうちょ）もなく、鎌吉は答えた。

「右手を斬られなすったので——」

このとき、小稲の面上に、さっと血がのぼって、ゆっくりとうなずき、

「伊庭さんをおたのみ……」

かすかに笑みをうかべ、鎌吉に向って両手を合せた。鎌吉はへどもどしながら、

「何、先生はもう左一本で刀もつかえりゃア、鉄砲もうちますぜ」

怒鳴るようにいった。

「鎌はん」

「へえ……」

「人は……ことに女は、その一生で、どのような人と出合い、どのような人とのつながりをもったかが、女のいのちになるもの……女は、その思い出一つで、生きられもし、よろこんで死ねもする……小稲は、しあわせものだと……そういっていたと、つたえておくんなさいよ」

鎌吉が目をあげたとき、守り襦袢の包みをつかんだ小稲は、廊下へすべり出ていた。

雨の中を、坊主姿の鎌吉は笠（かさ）に顔をかくして歩いていた。

吉原廓内は、周囲に溝をめぐらせ、出入口は、大門一つである。

すでに夜だ。

あれから〝梶田や〟で日の暮れるのを待ち、鎌吉は出て来たのだ。

官軍が江戸へ入ってからは、吉原の景気も上々で、ひどい雨ふりの夜も紅灯はあくまでもはなやかに、駕籠の出入りもはげしい。

それだけに警備もきびしく、大門口をはじめ、廓の内外の番所には〝脱走取締〟のものや、銃をつかんだ官軍兵士が固めていて、町人たちは恐れをなし、あまり寄りつかない。

いまの吉原の客のほとんどは、官軍兵士だといってもよいほどであった。

鎌吉は、大胆に大門口の番所へ向い、托鉢僧のふりをして、ここを通りぬけた。

ほっとした。

二、三歩行きかけ、顔をあらためるためにぬがされた笠をかぶりかけたときである。

「きさま――」

五十間茶屋の軒下からあらわれた侍が、いきなり鎌吉の肩をつかんだ。

「やはり、江戸へ舞い戻っておったのだな」

その侍は杉沢伝七郎であった。

鎌吉は歯をむき出し、笠を放り捨てた。

四

娘の名は、おゆうといった。

伏見稲荷・茶店の老夫婦は、おゆうの祖父母であった。

そして、太田町の外れの吉田新田に沿ってひらけた物売り店などの一角にある佃煮や〝近江屋(おうみや)〟の主人夫婦は、おゆうの父母ということになる。

「去年の夏に、お父ちゃんが伏見へ、うちを迎えに来やはったんどす」

おゆうは、見違えるばかりに女らしくなっていた。

今年で十九になったという。

おゆうの父親・定吉は、四年ほど前に女房のおこうをつれ、

「江戸へ出てはたらいてみたいと思うから……」

両親におゆうをあずけ、伏見を出て行ったが、江戸で、いろいろな商売をするうち、開港地の横浜の発展ぶりを知り、それまでためこんだ金を一切投げ出し、横浜に〝佃煮や〟の店をひらいた。

商売も順調らしかった。

「おゆうから、あなたさまのことは何度もきかされておりました。こうなれば何としてでもおかくまい申しあげますから……」

と、四十を三つもこえている定吉が落ちつきはらって受け合い、

「あそこがいい」

八郎を、佃煮を売る店先の、折箱をつみかさねた大戸棚の下へかくした。

畳一枚ほどのひろさに横たわったまま、八郎は身うごきもせず、その夜をあかした。

夜通し、家の外を駈けまわる追手の足音が絶えなかったし、近江屋へも、四、五人が戸を叩いて入って来たものだ。

「泥棒でございますか？」

定吉が寝ぼけ声を出してあらわれ、

「入って来たら逃がすことじゃアございませんよ。私は、これでも相撲とりの飯を食ったことがございますので」

などと、向うが口をきかぬうちに、ぺらぺらとしゃべり出した。

いかにも人のよさそうな定吉は、二十七、八貫もあろうという巨体であって、

「気をつけろ。お上の御用でさがしている悪党なのだぞ」

追手も苦笑しながら、念をおして出て行ってしまった。

用心をして、一日おいてから、おゆうが伸天塾へ、このことを知らせたのである。

その夜——。

坊主姿の鎌吉が〝近江屋〟へ忍んで来てくれたときには、

「運がよかったのだなあ……」

あの八郎が、感動で目をうるませたものだ。

片腕の、名の通った〝おたずね者〟である伊庭八郎にとって、もはや鎌吉は唯一無二の半身になってしまっている。

鎌吉が江戸へ向った後も、

「捕まらなければいいが……」

八郎は気をもみ通しであった。

それだけに、鎌吉が再び、横浜へ戻って来たとき、

「おれは、飯も食えなかったよ」

八郎は、顔中がかがやきわたるような微笑をうかべた。

鎌吉が出した五十両を、つくづくとながめ、

「小稲は、この金をどこで都合したものかなあ……」

わびしげに、八郎が、

「小稲に金をせびるようになっちゃア、おれもおしまいさ」

「とんでもねえ。おいらんはね、とてもよろこんでいなさいましたよ」

鎌吉が、何も彼も語ったとき、

「そうさなあ……おれもこれで、尺先生みてえに、すべてをさっぱりあきらめ、この片腕一本にイギリス語の辞書でもひきながら、末は小稲を女房に、なぞという殊勝な気持になれたら、世話はねえのだが……」

「そうなすったら、いかがで――」

「ふん……お前も、何もおれと一緒に蝦夷くんだりまで行くことはねえのだよ」

「何をおっしゃるんで……気がまわりすぎまさ。どっちにしろ、あっしは生涯、先生とは離れませんよ」

「すまねえ。こいつ、ひがんでいやがるのかなあ」

「え？」

「おれがさ」

奥の部屋の二人の会話を、おゆうも定吉夫婦も息をつめてきいていた。

雨はあがったが、しんしんと底冷えのする夜であった。

八郎が、急に、ひどく咳きこんだ。

すると、おゆうが障子を開けて駈けこんで来た。

八郎は、首をふって見せた。このとき、鎌吉はまだ八郎の〝死病〟を知らない。

八郎の病気をおぼろげながら知っているのは、おゆうと伏見稲荷の老夫婦。そして、この家の夫婦と、この五人だけなのである。

咳がとまってから、

「大丈夫だ、おゆうさん」

いたずらっぽい笑いを見せて、八郎が意味ありげに、おゆうへうなずくのを見た鎌吉が、二人の顔を見やりながら、

「何です？……何か、あったんで……？」

「何もねえ。おゆうさんと、おれだけが知っている隠し事さ。ねえ、おゆうさん」

八郎は、おゆうたちに口どめをしてある。

「鎌吉の心配を、この上、ふやしたくないのでね」

と、そのとき八郎はいった。

五

おゆうが出て行ったあとで、八郎は声をひそめ、

「鎌吉。小稲は、おれの腕のことを訊いたかえ?」

「へえ……」

「右の腕だといったんだな?」

「へえ」

「気どられなかったかえ?」

「大丈夫です。おいらんは、右の腕だときいたとたんに、何だかこう、ぱあーっと顔中に灯がともったような……そんな顔つきになりました」

「そうか、そいつはよかった。ま、いずれにせよ……いつかは知れることだろうが……そのときは、このおれも天空はるかにのぼってしまっていることだし……小稲も忘れてくれるだろうよ」

「忘れるもんですか。おいらんの手には、いつまでも残っているんですぜ、入れぼくろ……」

「誰が考えつきゃがったもンだか……入れぼくろなぞと、奇妙なものをなあ」

「先生」

このとき、鎌吉は思いきったように屹となった。

「ほう、あらたまったな」

「へえ」

「何だ？」

「蝦夷で始まろうという戦さは、勝てますかえ」

「負けるよ」

「先生……」

「何だ」

「あっしゃア、先生を、ここまできて死なせたくはねえ」

八郎は答えなかった。

だが、微笑は消えなかった。

ややあって、

「おゆうさん」

と声をかけ、

「とんでもねえ迷惑をかけてしまったが、明日の夜には消えてなくなる。迷惑ついでに一本つけてくれぬか」

「はい」

おゆうが、むしろ表情のない声で、

「あの……今日のおひるすぎに、尺先生の奥さまと、関門(かんもん)の近くの茶店で、お目にかかりましたんどす」

「ほう……奥さん、何かいっていたか？」

「尺先生も、お見送りしたい……けれど……」

「見張りがきびしい。出て行っては、反(かえ)って伊庭の迷惑になろうから……と、こういわれたのだろうなあ」

「はい」

「ありがてえ……伊庭が、先生御夫妻に、何の御恩報じもできなかったのを、くやしく思っております……こういっていたとつたえて下さいよ」

酒が出た。

お手のものの佃煮やら、定吉が得意だという油揚げとねぎの入った〝何とか汁〟というものも出して、

「こいつは、うめえ」

鎌吉が舌つづみをうった。

「鯛を、いま、つくります」

送別の志なのであろう。定吉が、心がけて手に入れて来たものであった。

「そいつは、私がやりましょう」

鎌吉が台所へ出て行って、庖丁をふるい出すと、定吉夫婦が目をまるくした。

夫婦も、おゆうも、鎌吉が〝鳥八十〟の板前であったことは知らない。

八郎が、土間まで出て来て、

「このお人は、あれだけの腕をもちながら、片腕の乞食侍と心中しようという……酔狂なお人なんですよ」

愉快げに笑声をたてたが、その双眸だけは笑わずに、ひたと、鎌吉の背へ射つけられていた。


翌日は夕方から、また雨になった。

午後九時――。

伊庭八郎と鎌吉は、近江屋を出た。

八郎と鎌吉は、商家の番頭と手代といった格好である。

鎌吉は笠をかぶり、合羽を着込んでいたが、八郎は、めくら縞の羽織と着物のままで裾をはしょって、千草の股引に手甲・脚半というこしらえであった。

菅笠は、切り落された左腕の上に、おゆうが縫いつけてくれた。

「こいつはいい。左手が笠を持っているようだ。おゆうさん、上出来だよ」

八郎がほめてやると、おゆうはくびすじを、まっ赤にして、

「かんにんどすえ……」

うめくように、いった。

「おゆうさん……それから御両親。これまで受けた御恩に対し、伊庭八郎、何のむくゆるところがありません。おゆるし下さい」

戸口で、ふり向いて、八郎は、ふかぶかと頭をたれた。

定吉夫婦は、へたへたと土間に膝を折り、両手をついたままであった。

「さらば……」

外へ出て、八郎が、

「雨で、ちょうど、いいな」

フランス洋傘をひらいて、

「伊庭八郎は江戸へもぐったという評判がもっぱらだというが……」

「その通りで——江戸じゃア、御徒町の御屋敷のまわりや貞源寺など、岡っ引が血眼で張っているそうです」

「そうか」

暗い道を歩き出しつつ、鎌吉が、ふっと思い出したように、けたけた笑いながら、

「ねえ、先生」

「うむ？」

「こないだ、あっしたちを捕まえに来た……ほれ、杉沢何とかいう野郎」

「杉沢伝七郎か」

「へえ」

「杉沢が、どうした？」

「吉原の大門を出たところで、会いましたよ」

「何だと——」

八郎は瞠目（どうもく）した。

「それで、お前……」

「ずぶりと一突き……」

「え……？」

「まさか、あっし風情にやられるとは思ってもみなかったんでしょうよ。おい、こら待て……とか何とかいってつかみかかるところを、匕首でずぶりと……見ン事きまりました。奴の胸に突き刺した匕首はそのままにして、願人坊主、いちもくさんに逃げ出しましたがね……ちょいと、その……こっちも生きた気はしませんでしたよ、先生――」

「ふうむ……」

八郎は足をとめ、あきれ顔で、つくづくと鎌吉をながめやった。

「杉沢が、お前に……」

「たぶん、あれじゃア助かりますめえ」

「ふうむ……」

「匕首を持って行ってよござんした」

「ふうむ……」

「つかまったとたんに思いましたね。この野郎を軍鶏か、まぐろのどてっ腹だと思えばいいと……何、こわいもの知らずでさ」

八郎が、びっくりするような声で、

「そいつだ。そいつが、ほんに、こわいのだねえ」

と、歩き出しながら、ためいきをもらし、

「おれが、小田原で腕を斬られたときもそれよ。しかし……杉沢も、ひょんな奴に、ひでえ目にあったものよなあ」

「ほめちゃア下さらねえので……」

「とんでもねえ。お前というお人は大したお人よ。伊庭八郎つくづくと仰天つかまつった。びっくりもんだ」

「からかっちゃアいけませんよ」

波止場の番所は、目の前にあった。

通行切手を見せて、二人が波止場へ歩み出したとき、

「今夜は、うまくいったようですな」

通弁の酒井伝次郎があらわれた。

「厄介をかけましたな」

と、八郎。

「いや、なあに――しかし、大変ですなあ」

酒井は、心もち眉(まゆ)をひそめた。

フランス人の上級船員らしいのが二人、向うから歩いて来て、プロシャの船へ向う八郎たちと、すれ違った。

聞きなれぬ異国の言葉と共に、西洋葉巻の香りが闇の中へながれてきた。

流星

一

北海道・箱館を占領した旧幕臣は、次いで〝五稜郭(ごりょうかく)〟を本城として戦備をととのえた。

〝五稜郭〟は、安政四年から、旧幕府が、外国船の来襲にそなえて築城したオランダ築城法による洋式堡塁(ほうるい)であった。

堡塁とはいえ、周囲は二里におよび、高さ二丈六尺の土塁、石塁をもうけ、十万両の大金を投じて完成した堂々たる〝城〟である。

これにたてこもった旧幕府将兵たちの胸は、北海道の新天地に〝徳川の国〟を建設しようという夢にまで、ふくれあがったものだ。

それというのも、箱館へやって来るイギリス、フランス、その他、諸外国の軍艦が、こぞって榎本釜次郎の意志をみとめ、

「ここに徳川共和政府を樹立することは、まことによい事です」

しきりに後押しをする。

諸外国は、日本の内乱が尚もつづくのを強くのぞんだ。

つづけばつづくほど、諸外国の利権が増大するからである。

利権のみか、その肚の底には端倪すべからざるものが、かくされていたといってよい。

さすがに榎本釜次郎は、うまうまと彼らに乗ぜられることなく、着々と、北海の地に施政をおこない、同時に、前にのべたような嘆願を、官軍総督府へ送りつづけた。

箱館には、すでに官軍が〝箱館府知事〟として、清水谷侍従を派遣しており、これに松前藩の部隊が在って、上陸した旧幕軍と戦った。

しかし、たちまちに旧幕軍は松前藩兵を蹴散らし、松前藩主・松前志摩守は熊石にのがれた。

官軍は、東北一帯を征覇し、青森に集結した。

官軍の総参謀は、薩摩藩の黒田清隆である。

官軍は、イギリス政府と交渉をかさね、北海の〝賊軍〟を攻撃するための甲鉄艦の購入に狂奔した。

何しろ、榎本は旧幕海軍のすべてを、北海の地へうつしているのだ。

必然、海戦となろう。

官軍は……と、いうよりも新政府軍とよぶべきかも知れない。

北海道を残し、日本全土は、すべて〝明治新政府〟の急激な施政改革によって、見る見るかたちを変えてゆきつつあった。


明治二年となった。

その三月二十五日——。

岩手県・宮古湾に集結していた新政府の艦隊へ、突如、箱館の榎本艦隊が急襲をかけた。

すさまじい海戦であった。

官軍は肝を冷やしたが、このときも暴風雨に、榎本軍は負けた。

風雨のため、榎本軍は集中攻撃ができず、回天丸の艦長・甲賀(こうが)源吾(げんご)ほか数十名の戦死者を出し、箱館へ引きあげたのである。

三月二十六日——。

新政府軍艦は青森へ到着し、待ちかまえていた将兵をのせ、四月九日に、榎本軍の虚(きょ)をついて、松前(福山)の北方二十里のところにある乙部(おとべ)へ上陸した。

ときに、箱館にこもる旧幕軍は、およそ三千人といわれた。

交戦、激烈となる。

旧幕軍の陣容は、次のごとくだ。

総　裁　榎本釜次郎
副総裁　松平　太郎
海軍奉行〝荒井郁之助〟、陸軍奉行〝大鳥圭介〟、永井尚志(なおむね)〝箱館奉行〟、人見勝太郎〝松前奉行〟などで、伊庭八郎は〝遊撃隊頭取(とうどり)〟となっている。

本山小太郎も、むろんいた。

「会えた、会えた。よくも会えたもんだ」

後から、プロシャの船に乗って箱館へ来た伊庭八郎を迎え、歓喜のあまり本山は、狂人のように、手をふり足をふみならしたという。

そして……。

明治二年、五月十八日——。

箱館〝五稜郭〟に追いつめられた旧幕軍は、新政府軍に降伏をした。

鳥八十の鎌吉が只(ただ)ひとり、江戸へ帰って来たのは、八月九日である。

この日——横浜弁天の灯台から新政府本町の裁判所まで、日本はじめての電信線というものが創架された。

二

江戸へ帰って来た〝鳥八十〟の鎌吉は、先(ま)ず、御徒町の伊庭屋敷をたずねた。

三十をこえたばかりの鎌吉なのだが、めっきりとやつれて小びんのあたりには白髪も目立ち、四十にも五十にも見える。

つい先頃までの夏の暑さが、まるで夢のように思われるほど、深く空は澄み、つめたい微風が江戸の町にながれていた。

伊庭軍平は、まだ駿府から帰っていなかった。

駿府へ押しこめられた徳川家と共に、軍平も、かなり苦しい生活をつづけているようだが、この年の正月に、次男の直(まこと)と、妻のたみだけを江戸から呼びよせた。

だから、いまの伊庭道場には、八郎の末弟・猪作をまもって、門弟の新井千代吉一家が暮している。

　つやも、屋敷に残っていた。

　鎌吉が屋敷へあらわれたとき、つやは、とっさに、鎌吉だとわからなかったようである。

　それと知ったとき、つやの眼がつり上った。

　玄関の式台へ、かがみこむようにして頭をたれている鎌吉の腕を、つやがつかんだ。ひどい力であった。

　唇を、わなわなとふるわせつつ、

「やはり……？」

　と、つやがいった。

「へえ——……先生のお形見を持ってめえりました」

　座敷へ鎌吉が通され、うす汚れた風呂敷（ふろしき）包みをひらき、伊庭八郎の陣羽織を取り出したときには、もう、つやは表情の消えた能面のような顔つきになり、ただ強く光る双眸（め）で喰い入るように、その陣羽織を見つめた。

　猪作も、新井千代吉もそこにいた。

　鳥羽伏見から小田原、箱根——そして蝦夷へと、八郎の戦うところ、いつもその身にまとわれていた陣羽織は、その日の丸の赤の色さえもほとんど硝煙と戦塵に黒ずみ、弾痕もいくつか見えたし、返り血と敵の刃先に引裂かれたのを鎌吉がぬい合せた個処が無数であった。

鎌吉は、語った。

「あれは、今年の四月なかばごろでござんしたが……」

蝦夷へ上陸した官軍を迎えて、激烈な戦闘がくり返された。

青森から蝦夷攻撃に向った官軍の艦隊は、旗艦〝甲鉄〟をはじめ春日、朝陽、丁卯など八隻。そのほか蒸気運送船、小船などを加えて三十余隻におよんだ。

これに乗組んだ官軍は、総勢二万五千余である。

これは、箱館にこもる旧幕軍のおよそ、五倍から六倍の兵力であった。

八郎は遊撃隊長として百余名をひきい、先に占領した福山城へこもり、他の諸隊と共に江差方面から箱館へせまろうとする官軍を喰いとめることになった。

八郎は、本山小太郎と岡田斧吉を相談役にしては、

「行くぞ」

何度も夜襲をかけたものだ。

「さすがの伊庭も、右腕一本では、どうにもなるまい」

という評判であったが、

「いや凄いものだ。伊庭さんは、いつも真先に斬込んでいって、まるでもう、右から左だ。敵は伊庭さんの刃先に吸いよせられ、思うままに斬られてしまう。さすがだなあ」

夜襲から帰って来たものが、驚嘆していった。

あるときは、八郎の隊員の死傷合せて十二名というのに、官軍の戦死二十余名、負傷者は数えきれないということもあったそうな。

「お前さんも、先生のおそばについていたのか？　その戦いの最中にも……」

新井千代吉が目をみはって訊くと、鎌吉は、

「へえ……もう夢中でしてね。とにかく、その、先生のうしろへぴったりついて、やたらめったに、こっちも刀をふりまわしたもんですが、ふしぎと、かすり傷も負わねえ、というのも、先生のそばについてりゃア大丈夫なんです。敵のやつらは、先生の腕一本に、ばたばたひっくり返ってしまうんで……」

「ふうむ……」

「それでもねえ、何しろ多勢に無勢というやつでさ。十七日ンなると、敵は厭というほどくり出して来やがって、海からも陸からも、どかんどかんと福山の城へ大砲をう

ちかけやがるンで……もういけません、十八日に福山を出て箱館へ引返したンですがね、このときがまたひでえ戦いで……とうとう本山さんも斬死なさいましたよ」

つやも猪作も、こまかく躯をふるわせ唇を噛みしめ、物もいわずに鎌吉を、まるでにらみつけるように見すえている。

「本山小太郎の遺体をおさめることもできねえのか」

口惜しがりながら、八郎は諸隊と共に福山を脱出し、木古内まで退いて、ここに陣をかまえた。

木古内は、箱館と松前の中間にあり、しかも江差への間道を扼するところだ。

二十日の早朝——。

ふかい霧の幕を破って、官軍が殺到して来た。

「鎌吉。こいつは大変な戦いになるよ。おれも今朝が最後になろうが、それにしても……お前を道づれにしたくはねえなあ」

ぴゅんぴゅん、弾丸が飛んで来る中で、八郎は笑って見せたが、鎌吉は見向きもせずに刀をぬきはなった。

「お前、もういっぱしの……いや立派なさむらいになったよ」

と、八郎がいった。

哀(かな)しげに苦笑して見せ、鎌吉は、つやに向い、

「先生はね、黒ラシャの軍服の上から、白ちりめんの帯をしめなすって、大小を、こう差しておいでなさいましたよ。髪は茶せんです。私が必ず、毎朝、きれいに髪をとかしてむすび、自慢じゃねえが、月代(さかやき)なんぞ、いつも青々としておいでになったもンで……」

こういって、

「蝦夷の先生を、一目、お見せしとうござンした。そりゃアもう勇ましいの、立派なのって、男のあっしでも見とれたものです」

三

伊庭八郎は、この木古内の戦闘で重傷を負った。

腕の無い左の肩口へ二カ所。右の太股(ふともも)へ一カ所。みんな貫通銃創であったが、出血がひどく、諸隊と共に箱館へ引きあげて来ると、もう身うごきもできなくなってしまった。

榎本と共に箱館へ来ていた医官頭取の高松凌雲(りょううん)は〝箱館病院〟をひらき、負傷者を

収容しており、八郎もここへ入って、凌雲の手当をうけることになった。

海からも陸からも、官軍の包囲攻撃は、日毎に層の厚味を加え、旧幕軍は〝五稜郭〟の本営を中心に、すべて箱館へ押しつめられた。

「いつまでも病院にいることはできねえ」

と、八郎がいい出した。

かつぎこまれてくる負傷者はふえるばかりで、病院内は血の匂いにみちみちている。

「おれは、お前の看護だけで充分だよ」

「でも、そいつは無理です。こんな軀で……」

「いいから、たのむ。おれのいう通りにしてくれ」

何といっても八郎はきかなかった。院長の高松凌雲も、ふしぎなことに、

「そうか……好きなようになされたがよろしかろう」

しいて、これをとめようとはしない。

「ふ、ふ、ふ……高松先生は、ちゃんと、おれの軀のことを知っていなさるねえ」

〝五稜郭〟堡塁の近くにある小さな板ぶきの民家へ、鎌吉と二人きりで、引移ってから、八郎がこういった。

このとき鎌吉は、はじめて八郎の死病を知ったのである。

「ここまでついて来てくれたお前には話しておかなくちゃアなるまいよ、というのはなあ。そのつもりになって、おれを扱ってもらいてえからだ。ここまで、ふしぎに倒れもせず、何とか病気を押えつけてきたが……もういけねえ」

三カ所の銃創は、残っていた八郎の体力も気力も、すべてをうばいつくしたようであった。

鎌吉が諸方を駈けまわって、

(何とかうめえものを……)

ととのえてくれる食事にも、

「すまねえ……が、もう食べる気もしねえのだよ」

死病のことは、お前だけの胸に入れておいて、江戸へ帰っても、ほかの誰にも話してもらっては困ると、八郎は念を押した。

「おれは、他人の心に負担をかけたくねえのだ。こいつは、江戸者のお前にならわかってもらえると思う」

「へえ……」

「何だ、泣いているのか」

「くやしいんですよ」

「なぜ？」

「あっしゃア、先生のことなら何でもわかっているつもりでござンした、ほんとうに甘えもンだ。そ、そんな……おそろしい御病気をがまんして、あれだけのはたらきをなすってきたとは……ちっとも知りませんでした。自分で自分が、なさけなくなりました」

「ふン……むりもねえことさ。父上でさえ知らなかったのだ。だがなあ、とうとうおれも、高松凌雲先生だけには見やぶられたようだよ。だから先生は、何も彼も好きなようにしろ、と、いって下すったのさ。これだけ鉄砲疵をうけたのでは、おれも医者の手にかからねえわけにはゆかなかった……」

二人きりになり、しかも鎌吉には秘密をうちあけたとなると、八郎は何度も血を吐いた。

吐きながら、

「あ……せいせいするよ。お前の前では、のうのうと血が吐けるものなあ」

しんそこから、そういうのである。

衰弱は、ひどくなるばかりで、鎌吉は居ても立ってもいられなくなった。

「あわてちゃアいけねえ。しずかに、おれの死ぬのを見ていてくれりゃアいいのさ」

「死ぬなんて……先生はまだ、二十七ですぜ」

「五十年も生きて来た気がするよ」

「そ、そんな……」

「本当だ。おれはね、鎌吉。お前をはじめ、いろいろな人々から、いつも親切に扱ってもらって生きてきた。おれを憎んだやつは杉沢伝七郎ぐらいなものかな」

「当り前だ。そいつは先生が、どんな人間にも、こまごまと親身になってめんどうを見ておやんなすったからじゃございませんか」

「なあに、死病もちの人間がやれることは、それ位なものさ。だがねえ、鎌吉。おれはたのしかったよ。二十七年の今までをふり返って見て、人間というやつは……」

と、八郎はにっこりと笑った。

がらんとした板の間の大きな炉に燃える火の色の中で、その八郎の微笑が鎌吉をゆったりと抱きすくめてきたものだ。

「人間というやつはなあ……つまるところ、食う、飲む、眠る……そして可愛(かわい)い女の肌身を抱くという……そいつが生甲斐(いきがい)よなあ、それが、いまわかった。人間は、このために生きているのさ。どうだ、違うかえ？」

「へえ……」

「おれは、そのうちのどれも、みんなのあったけえ親切をうけ、心ゆくまで味わいつくした。お前は、うめえものを食べさせてくれたしなあ」

「先生。江戸へ……江戸へ逃げましょう」

「ばか。何をいうんだ。おれはお前にだけ打ち明けたのだぜ。つまらねえことをいっちゃア困る」

「でも、このままじゃア……とても勝てません」

「お前はここをうごくな。榎本は最後まで城にこもって戦うような男じゃアねえ」

「え……？」

「榎本釜次郎という男は善い人間で、利巧な男さ。西洋の文明にもふれ、いまの日本でも指折りの新知識だ。戦っても駄目となれば、それ以上は血を流すめえよ」

五月七日——。

箱館湾の海戦に、旧幕海軍は決定的な打撃をうけ、十一日になると、官軍は海陸から総攻撃をおこない、箱館砲台をはじめ旧幕軍の拠点数十カ所にせまった。

この日の戦闘は激烈凄惨をきわめた。

只一隻となった蟠竜丸は湾内を縦横に狂いまわり、敵艦隊を相手に奮戦をつづけ、敵艦〝朝陽〟を撃沈したが、弾丸も絶え、破損もひどく、ついに航行不能となり、み

ずから火をはなち、

「砲台へ引上げろ‼」

乗員は、すでに箱館市中へ突入した官軍を突破し〝弁天砲台〟へ逃げこんだ。

もう一隻の回天丸は、これも航行不能となっていて、仕方なく港内の浅洲にすえつけ〝浮砲台〟にして大砲だけを使用していたが、

「もういかぬ」

艦長・荒井郁之助は〝回天〟にも火をはなち、五稜郭へ引きあげた。

この日の戦いで、新選組生残りの土方歳三〝陸軍奉行並〟が戦死をとげ、旧幕軍の死傷者は、以後の戦闘を不能とならしめた。

榎本釜次郎は、ここに決意をし、自分がオランダ留学中に得た〝海律全書〟二巻を、

「この書物は、戦火に焼けてしまうには、あまりにも惜しいものゆえ、日本海軍将来のために――」

と、官軍総参謀・黒田清隆へ送りとどけ、黒田はまた清酒五樽を送って、

「弾薬、兵糧が不足なればお送りしよう。そして決戦の日をとりきめ、いさぎよく戦おうではないか」

と、いってよこした。

榎本は十六日の夜、自決をはかったが、小姓の大塚某によって発見され、おどりこんだ将兵たちに押えられて、未遂に終った。

「これ以上、無益な血を流すことはできない」

という榎本の意をいれ、全軍はここに降伏することとなった。

五稜郭にこもる旧幕軍六百余名は、明治二年五月十八日の朝、城塁を出て官軍に下った。

伊庭八郎は、ついに生きて、この日を迎えることがなかった。

「先生にはかえって、そいつがしあわせだったかも知れません。何も彼も先生のおっしゃる通りになっちまったのですからねえ」

鎌吉は、八郎の死病についてては少しもふれずに、八郎の死を語った。

八郎が死んだ日は、最後の激戦があった十一日の翌朝であった。

「今朝は気分がいい」

まだ諸方で小競合いがおこなわれているようだが、八郎は起きあがり、鎌吉にたすけられ、外の井戸端まで出て行き、顔を洗った。

すでに、五月——北海の地は春のさかりであった。どこかで砲声が、妙に間のびをした感じで鳴っていた。

木も草も、鮮烈なみどりの色をふきあげ、空の青さのひろがりが胸を刺すようである。

「蝦夷の春というものは、格別なものだなあ」

つぶやいて、八郎が水に手をふれた瞬間である。

一発の流弾が、八郎の喉(のど)をつらぬいた。

「それっきりでございました。井戸端で、こう倒れなすって……そして先生は、かすかに、こうねえ、唇(くち)もとを笑わせて……」

ここまでいって、鎌吉は、たまりかねたように顔をおおった。

四

吉原仲の町の引手茶屋〝梶田や〟のはからいで、鎌吉が小稲に会ったのは、その日の翌日であった。

例によって、小稲は引っつめ髪に無造作なこしらえで、梶田やの二階座敷へあらわれた。

眼と眼を見合せたとき、二人は、互いのやつれ方のはげしさにおどろいた。

だが、それも声には出さず、向い合って坐ったまま、二人とも、しばらくは黙って畳のおもてを見つめたままであった。ややあって、

「おいらんも、からだを大事にしてくれなくっちゃア、いけねえ」

鎌吉が押しころしたような声でいった。

「鎌はんも、養生して下さい。あたしが、どんなことでもさせてもらいましょうよ」

小稲も、うめくように、

「でも、よく無事に、戻って来なすったねえ」

「あっしのことで……?」

「あい」

「途中つかまりましたよ、官軍にね。ところが、こっちは箱館へ出かせぎに行っていた板前だといいはり、その証拠に庖丁をつかって見せたら、一も二もねえ、解き放してくれました」

「そりゃア、よかった……」

二人とも、八郎のことにはふれようともしない。

小稲の心づかいで、ささやかながら酒肴がはこばれてきた。

小稲が酌をしてやり、鎌吉はひどく恐縮しながら盃をかさねた。

窓の、あかるい障子の向うに赤蜻蛉の影がとまったり、また飛びはなれたりしている。

戦争も終って、民情もおちついたものか、いま、吉原廓内は〝俄〟の行事で浮き立っていた。

〝俄〟とは、旧幕のころから吉原中の芸者によっておこなわれている行事で、それぞれに趣向をこらした踊屋台を引きまわし、茶屋茶屋の前で芸者の手踊りやら幇間連の茶番狂言などが演じられるのだ。

これは三月の夜桜、七月の灯籠と共に、吉原年中行事の三景容とよばれ、八月一日より晦日まで、廓内は群集雑沓して非常なにぎわいとなる。

昼すぎからは〝昼見世〟の客もくりこんで来るし、三味、太鼓の音もただよい、江戸が東京になろうが、将軍さまの代りに〝明治新政府〟というものが出来ようが、この吉原ばかりは「勝手にしやがれ」と、いうところだ。

ここ二年ほどは戦争さわぎで打絶えていた〝俄〟の行事だけに、趣向も派手やかな久しぶりの〝にわか景気〟である。

今は旧大名たちも版籍を朝廷へ返上し、それぞれ府県の奉職規則とかいうものによって〝知事〟というものになった。

「蝦夷が、北海道ということになったそうで……」

とりとめもない調子で、鎌吉が、ぽつんといった。

結局、二人は八郎のことについては何も語り合わなかった。

語らずともわかると鎌吉は思い、小稲はまた、語ってもらわずともわかった、のである。

鎌吉が帰るとき、小稲は用意の金包みをあたえ「いつでも来て下さいよ」と、いった。

鎌吉は頭を下げてから、

「おいらん。私は、これから焼鳥の屋台を張っても、生きぬいてゆきますよ。先生の声が、この耳へ残っているかぎりね」

小稲はうなずき、

「あたしも、そうしましょうよ」

「おいらん……」

「え……？」

「先生がおいらんへ、つたえてくれろと……」

「あい」

小稲がすわり直すと、鎌吉もかたちをあらため、

「ありがとうよ……と、こう先生が……」

「伊庭さんが、あたしに、ありがとうよ……と？」

「へえ――」

「うれしゅうござんす」

小稲は、ささやくようにいった。


その夜――。

小稲は自分の部屋に客を迎えていた。

その客は、瀬戸物町の遠州屋半蔵といって、おだやかな、遊びなれた中年男である。金もある、商売もうまい。小稲のところへ来ても、半蔵は女の人柄をこのんで来るわけだから、小稲の都合では、世間話をして、さっさと帰って行くこともある。

伊庭八郎が横浜から蝦夷へ逃げるとき、小稲が一夜のうちにととのえた金五十両は、この遠州屋が、何も訊かずに出してくれたものであった。

「小稲。今夜はもうおやすみなさい。このごろは、ひどくやつれてしまって……やはり夏のつかれが出たのだろうね」

窓をあけて外をながめている小稲に、遠州屋が、しずかに声をかけたとき、はれわたった初秋の夜空を、星がひとつ流れた。

「小稲、何をしているのだえ？」

「いま、むかし知っていたお人が、そこを通ったので……」

「そこを……？」

「あい、空の上を……」

このとき、仲の町の通りで、芸者たちのうたう〝木遣節(きやりぶし)〟と若い者が鳴らす鉄棒の音がにぎやかにわきおこった。

解説　微衷の人

重里徹也

歯切れのいい小説である。

リズムがよくて、言葉の一つ一つが次々に胸に響いてくる。こちらの心がそのリズムに共振する。あいまいさがなくて、キッパリしている。岩清水のように透明で澄んでいる。軽快で、きびきびしていて、無駄がない。だから、とても読みやすいのだ。しかし、芯(しん)の強さを思わせる。歯ごたえがある。そんな小説である。

歯切れのよさは全編を貫いている。外観も内実も、一貫している。私たちは読みながら、自分も歯切れよく人生を送りたいと思うし、歯切れのいい生活をしたいと思う。池波正太郎の小説はそういう力を持っている。

池波はしばしば、「人生の師」のように扱われる。池波の小説から、読者は酸(す)いも甘いも熟知した人生智(ち)を学べる。歴史観からグルメ、街の歩き方から男女のことまで、該博な知識と筋の通った流儀を教えられる。しかし、それだけではない。

池波の小説はその「かたち」で私たちを鼓舞し、深く生きることを促すのだ。池波を「人生の師」として慕う読者が多いのは、このためだろう。

『幕末遊撃隊』を少し細かく見ていこう。

この長編小説は心形刀流（しんぎょうとうりゅう）の剣術道場の後継者、伊庭（いば）八郎の短い生涯を描いている。伊庭道場は名門で、八郎は理由（わけ）あって剣の修業を続け、天才的な剣士として知られている。

小説の舞台は世が大きく揺れ動いている幕末維新。八郎は騒然とする世情を突っ切るように、幕府側に身を置いて一直線に駆けぬけていく。

まずは、文章に注意しよう。センテンス（一文）は短く、改行が多い。名詞と動詞から成る文が多くて、形容詞が少ない。

池波はなぜ、そのように物語るのか。文章とは形容詞から腐っていくものだというのは、私の敬愛する作家、開高健がいっていた。形容詞はきらびやかで、口当たりのいい甘さがあって、時に目にまぶしい。しかし、時間が経（た）つと真っ先に腐乱していく。ムシがつき、腐臭が漂うようになる。

池波は形容詞をあまり使わずに人間模様を描き出していく。人物を描く時に、形容詞を使わずに形容する。だから、池波正太郎の文章は腐らない。いつも、みずみずしく新鮮なのは、このためでもあるのだろう。

たとえば、小説の半ばにこんな場面がある。さりげない描写なのだが、妙に印象に残る。主人公の伊庭八郎は京にいる。そこから、江戸・新吉原のなじみの遊女、小稲(こいな)に薬を送るシーンだ。小稲は体調を崩しているらしい。

　薬の宛先(あてさき)は鎌吉だが、中の手紙は小稲にあてたものである。
　直接に小稲へ送ることは、相手が吉原の女だけに、はばかられることであった。
　また、はばかるのが客でもあり恋人でもある男としての礼儀でもあった。
　薬を送り出して、八郎は、がっくりとした。
　(ばかに疲れた)
　部屋に灯が入るまで、寝そべっていた。
　しかし、何となく安らかな気持で、
　(おれも、やはり本気でいたのかなあ……)
　いつまでも、小稲のおもかげを追っていた。

京と江戸。将軍の上洛に伴って上京した幕臣と、吉原の昼三（最高位の遊女）。遠い距離を置いて、京から江戸へ手紙と薬が送られる。そのようすが実に簡潔な文章でつづられる。

遊女との付き合いにも礼儀がある。吉原には吉原のきまりがある。それを立てて、きちんとしきたりを守り、しかるべき手順を踏むのが八郎の生き方である。

八郎はなぜ、「ばかに疲れた」のだろう。さまざまに解釈できる。

八郎自身、体調がよくない。前日から雨が降っていて、身体が熱っぽい。慣れない京で、薬種店の番頭らしい者とやりとりする。しかも、男としてしっかりと礼儀を守らないといけない。もちろん、その間、「風邪をこじらした」という小稲のことをしきりに思いやっている。長い距離を置いて。

緊張もするし、気配りもする。「ばかに疲れた」背景には、そういう事情があったのではないだろうか。そして、ひと仕事終えて寝そべっていると安らかな気持ちになる。

それで、読者も八郎と一緒に因州（鳥取）出身の着やせする遊女の肖像を思い描いてしまうのだ。彼女の病気を心配してしまうのだ。

余計なことには触れない。必要なこと、重んじられるべきことだけを書く。これが池波の文章作法である。テンポのいい、スピード感のある、それでいて映像が目に浮かぶような文章はこのようにして生まれている。

不要なことは描かれないので、まっすぐな叙情が漂う。読者はそこに引き込まれる。

その筆はもちろん、剣戟(けんげき)場面でも冴(さ)えわたる。疾走感のある敏速な描写である。今度は小説の冒頭より少し進んだところから引用しよう。八郎が友人の本山小太郎と歩いていて、突然に刺客から襲われる場面である。

斬(き)りかけられたとたんに、八郎の躯(からだ)は、右手ななめ前に飛んだ。

ということは、敵方の左手へまわったことになる。

刺客は、四人であった。

一気に、小笠原屋敷の塀際(ぎわ)まで飛んで行ったかと思うと、くるり、八郎の躯がまわって、

「えい」

抜打ちに、あびせた。

読点が効果的に使われていること、八郎と四人の刺客の立ち位置がくっきりとわかりやすいこと、やはり形容詞が使われていないことに注目してほしい。練達の筆の切れ味が味わえるのだが、読者は置き去りにされない。臨場感たっぷりに楽しめる。池波の歯切れよさとは、決してひとりよがりなものではない。いつも読者とともにあるすがすがしさなのだ。

さて、文章の次は人物の造形である。この小説では主要人物の何人かが、きわめて歯切れのいい生き方をする。その中心は主人公の八郎である。

全編にわたって八郎の人柄や人格が全面に展開されている小説で、読み通せばすぐに八郎がどのような人物か、伝わってくるだろう。清潔な性格で、不正を嫌い、筋を通す。仰々しいことは嫌い、思いをべたと口に出さない。それでいて深い優しさを持っている。

だいたい、八郎は時代の流れに逆行する男なのである。負けるとわかっている戦いに命をかけている。それは、なぜなのか。

そのことについて口数少なく吐露する忘れられない場面がある。

鳥羽伏見の戦いを経て、幕府は急激に崩れていく。薩摩や長州を中心にした官軍は勢いに乗って江戸へ攻め込んでくる。そんな中、八郎は必敗の戦いを続けるべく転戦していく。

八郎は、房州（千葉県）は木更津の若き小大名、林昌之助のもとへ共に起ち上がってほしいと頼みに行く。林は一目見て、八郎を気に入る。

林家の老臣が八郎に尋ねる。「すでに、江戸をおさめた官軍に対し、勝利の見こみがおありなのか？」

この後の八郎の答えだ。少しだけ引用しよう。

　このとき、八郎は、にこりとして、

「ただ、微衷をつくさんのみ——」

と、こたえた。

　林昌之助は、これを見て、ふかくうなずく。

老臣はさらに反論しようと詰め寄るが、林は「もうよい」と止める。この八郎と林の響き合いも感動的なのだが、何よりも一筋の光のように輝いているのが「微衷」の二文字である。

「微衷」とは「自分の本心」「自分の真心」をへりくだっていう言葉だ。八郎が必ず負ける戦いに命を散らすのは、微衷をつくすためなのである。

この「微衷」という言葉ほど、八郎という人物を表すものはないだろう。読後に振り返れば、八郎の人生は微衷をつくすためにあったことがよくわかる。そこから、彼の行動原理が生まれ、彼の人生の選択が成されている。彼のすがすがしさや懸命さ、思いやりの深さや上品さの芯にあるのは、「微衷」の二文字なのである。

余計な説明を少ししておこう。大切なのは「微衷」とは「意地」ではないということだ。自分の思うことを無理矢理に押し通すとか、自身の心に執着するとか、そういうものではない。

「微衷」とは、もっと静かで、落ち着いていて、広がりのある思いである。穏やかで、濁りのない心である。

林と会話する場面もそうなのだが、この小説では八郎と周囲の人物とのやりとりや触れ合いも読みどころの一つだろう。

たとえば、鳥八十(とりやそ)の板前、鎌吉の肖像も印象的だ。鳥八十は上野広小路(ひろこうじ)の古い料亭で、鳥料理が自慢の店である。この三十過ぎの板前が八郎と気が合う。鎌吉は蠟燭(ろうそく)問屋の一人息子で育ったが、家がつぶれたという過去を持っている。それなりに春秋を過ごしてきたのだろう。

一体に池波作品では、鍛え上げた腕を持つ職人が重んじられる。鎌吉も苦労して身に着けた包丁の技が確かだ。そして所帯も持たず、独身の気ままな自由を謳歌している。

八郎と鎌吉はお互い、相手に自分と共通するものをかぎつけたのだろう。鎌吉は八郎を慕い、八郎は鎌吉を大切にする。気持ちが通じ合い、打てば響くような関係といえばいいか。

池波の筆は鎌吉を「気性のさっくりとした男」と描写している。この「さっくり」、もともとは「あっさり」とか、「さっぱり」とか、「淡泊」とか、といった意味だろうか。ここでは、そういった意味も含めながら、「割り切れた」「覚悟のいい」「一途で純粋な」「筋を通す」といった響きもあるように感じる。

歯切れのいい八郎と歯切れのいい鎌吉の関係が、じとじとしたものになるわけがない。スパッと竹を割ったような間柄である。二人が会話をするたびに、物語の動きが調子づくのに注意してほしい。二人の歯切れのいい関係自体が、小説に基調になるリズムを与えているのだ。

そして、二人は自ら時代の激流に身を投じ、微衷をつくすために濃密な日々を送る。
歴史は複雑で、奥が深くて、面白い。視点によって、いかようにも見え方が違ってくる。微衷の幕臣から見たら、幕末維新はどのような光景になるのだろうか。大いに楽しめ、読後感の深い一冊である。

（令和二年三月、文芸評論家・聖徳大学教授）

この作品は一九六四年講談社から刊行され
一九七七年集英社文庫に収録された。

幕末遊撃隊(ばくまつゆうげきたい)

新潮文庫　い - 16 - 93

令和二年五月一日発行

著者　池波正太郎(いけなみしょうたろう)
発行者　佐藤隆信
発行所　株式会社新潮社

郵便番号　一六二―八七一一
東京都新宿区矢来町七一
電話　編集部(〇三)三二六六―五四四〇
　　　読者係(〇三)三二六六―五一一一
https://www.shinchosha.co.jp

価格はカバーに表示してあります。

乱丁・落丁本は、ご面倒ですが小社読者係宛ご送付ください。送料小社負担にてお取替えいたします。

印刷・株式会社光邦　製本・加藤製本株式会社

ISBN978-4-10-115690-3 C0193